Der Puppenspieler vom Siebenswinkel

Kriminalroman

Gudrun Leyendecker

AF279874

1.Auflage 2025

Umschlaggestaltung Natascha Frieben, Canva

Bibliografische Information der deutschen Nationalbibliothek: Die Deutsche Nationalbibliothek verzeichnet diese Publikation in der Deutschen Nationalbibliografie; detaillierte biografische Daten sind im Internet über http://dnb.dnb.de abrufbar.

© 2025 Gudrun Leyendecker

Verlag: BoD · Books on Demand GmbH,

Überseering 33, 22297 Hamburg, bod@bod.de

Druck: Libri Plureos GmbH, Friedensallee 273,

22763 Hamburg

ISBN: 978-3-7693-9828-1

Inhaltsangabe

Der Gutshof Waldesruh liegt im Siebenswinkel, einer malerischen Landschaft am Fuß eines Mittelgebirges und lockt Spaziergänger und Fotografen in seine Nähe.

Hannah erscheint dort jedoch nicht, um sich an dem romantischen Anblick zu erfreuen, sondern um einen Mord an einem der beiden Gutsherren aufzuklären. Eine Reihe von Verdächtigen stiftet Verwirrung, unter ihnen befinden sich auch der Zwillingsbruder, die drei Töchter, die Haushälterin und nicht zuletzt der Gärtner.

Gudrun Leyendecker ist seit 1995 Buchautorin. Sie wurde 1948 in Bonn geboren.

Siehe Wikipedia.

Sie veröffentlichte bisher über 110 Bücher, unter anderem Sachbücher, Kriminalromane, Liebesromane, und Satire. Leyendecker schreibt auch als Ghostwriterin für namhafte Regisseure. Sie ist Mitglied in schriftstellerischen Verbänden und in einem italienischen Kulturverein. Erfahrungen für ihre Tätigkeit sammelte sie auch in ihrer Jahrzehntelangen Tätigkeit als Lebensberaterin.

Der Puppenspieler vom Siebenswinkel

Kriminalroman

Gudrun Leyendecker

Kapitel 1

Das alte Gut mit dem romantisch klingenden Namen „Waldesruh" liegt am Hang des bewaldeten Mittelgebirges und zeigt sich im Sonnenlicht von seiner schönsten Seite. Die helle, sauber gestrichene Fassade leuchtet mir entgegen, und die neuen Dachziegel schimmern wie frisch gewaschen von den milden Schauern eines warmen Sommerregens.

Ich erinnere mich an die Worte meines Chefs, der mir diesen idyllischen Ort als ein malerisches Plätzchen beschrieb, und ich gebe zu, er hat nicht übertrieben. Während mir die saftig grünen

Rasenflächen frisch gemäht entgegenleuchten und von einer regelmäßigen Pflege erzählen, scheint die restliche Natur unberührt zu leben und ungehindert zu wachsen. Wild blüht, grünt und wuchert das übrige Buschwerk in kleinen Gruppen und Wäldchen.

„In diesem Eckchen, das sich „Siebenswinkel" nennt, wirst du dir vorkommen wie im Urlaub", versprach mir gestern noch Jakob Neumanns, mein Juniorchef.

Unter anderen Umständen hätte ich ihm Recht gegeben, aber da ich darüber informiert wurde, dass an diesem friedlich aussehenden Plätzchen vor einer Woche ein

Mensch auf mysteriöse Weise ums Leben gekommen ist, bin ich mehr als nur skeptisch. Schließlich wurde ich instruiert, unter den im Schloss momentan Anwesenden einen Verdächtigen zu finden, der für das Ableben des Gutbesitzers Bertram von Finschgau verantwortlich sein soll.

Viel weiß ich noch nicht über die im Gutshof heute anwesenden Bewohner und Gäste. Ich habe mir gemerkt, dass ich dort den Zwillingsbruder des verstorbenen Bertram, einen gewissen Robert treffen werde, der dort seit vielen Jahren lebt und sich mit seinem Bruder außerordentlich gut verstanden haben soll.

Ich weiß, dass der Gärtner Jost für die Außenanlagen verantwortlich ist und im Inneren des Gebäudes die junge Haushälterin Miriam seit sechs Jahren schaltet und waltet.

Um alle notwendigen Erbschaftsangelegenheiten zu regeln, sind offenbar die drei Töchter des Gutsherrn aus verschiedenen Himmels-Richtungen angereist und werden von einer entfernten Verwandten, der Tante Agathe betreut, die ab und an in Waldesruh zu Gast ist.

Nachdenklich schlendere ich auf den Eingang des Gebäudes zu.

Vor dem großen hölzernen Portal entdecke ich einen großen, kräftig gebauten Mann, der gerade die bunten Sommerblumen in den großen Zier-Kübeln mit Wasser versorgt.

Als er meine Schritte hört, dreht er sich zu mir um. „Sie wünschen?"

Sein ernster, verschlossener Gesichtsausdruck zeigt mir, dass ich von ihm keine bemerkenswerte Menge an Informationen erwarten kann, und ich begrüße ihn erst einmal höflich mit einem freundlichen „Guten Tag".

„Agathe von Strehle hat mich eingeladen, ein paar Tage in diesem Schloss zu wohnen. Ich denke, sie wird mich schon erwarten," füge ich hinzu.

Das Gesicht des nicht mehr ganz jungen Mannes entspannt sich etwas. „Wenn Sie erwartet werden, dann ist es gut. Ansonsten soll ich nämlich jeden Besucher abweisen."

Er nimmt mir den Rollkoffer ab und führt mich ins Haus. „Sie können hier in der großen Diele auf dem Sofa Platz nehmen. Ich werde Frau Agathe sofort informieren."

Ich nehme auf der gemütlichen, mit einem Blumenstoff bezogenen Couch Platz und betrachte die kleine Eingangshalle. Neben verschiedenen kleinen Steinskulpturen befinden sich in dem großen, kühlen Raum einige

Blumenkübel, in denen allerlei einheimische Grünpflanzen wachsen. An einer Wand entdecke ich ein Gemälde, auf dem zwei junge Männer abgebildet sind, die sich sehr ähnlichsehen. Bevor ich mir die Gesichter näher anschauen kann, reißt mich eine etwas blecherne Stimme aus meinen Betrachtungen.

„Das sind meine beiden Neffen!" erklärt die elegante ältere Dame, die auf mich zusteuert. „Das Bild ist anlässlich ihrer Abifeier entstanden, denn der Künstler war ein Mitschüler der beiden und ließ zur Erinnerung dieses Gemälde zurück, bevor er als Kunstschüler nach Sevilla auswanderte. Und Sie sind sicher Hannah, die mir von Herrn Neumanns avisiert wurde?!"

Ich nicke kurz und reiche ihr die Hand. „Richtig, und Sie sind bestimmt Frau von Strehle?! Ich wünsche Ihnen einen guten Tag!"

„Ich bin Tante Agathe für alle hier", antwortet sie eilig, „und Sie sind im Alter meiner drei Nichten, da können wir ruhig Du zueinander sagen. Oder hast du etwas dagegen?"

„Im Allgemeinen nicht, das sehe ich sonst auch ganz locker. Sofern das nicht gegen die Regeln von Arbeitgeber und Arbeitnehmer verstößt, bin ich damit gern einverstanden", antwortete ich, noch etwas unsicher, denn trotz aller freundlicher Worte strahlt die ältere Dame etwas Majestätisches aus, und ich überlege, ob das etwas mit ihrer adligen Herkunft zu tun haben kann.

Sie macht eine wegwerfende Handbewegung. „Ach, Unsinn! Wenn du hier einen Einblick gewinnen möchtest, dann musst du auf Tuchfühlung gehen. Soll ich dir einen Kaffee bringen lassen?"

Ich lehne dankend ab. „Vielleicht nehme später einen Tee, aber den kann ich mir auch selbst machen, wenn ich darf."

Tante Agathe nickt. „Die große Küche ist für alle da, und Miriam, die Haushälterin und Köchin ist froh, wenn man ihr ein paar

Handgriffe abnimmt. Hat dich dein Chef schon über alle Personen gut instruiert?"

„Nein, er ist der Meinung, ich solle mir selbst ein Bild von jeder einzelnen Person malen und einen speziellen Überblick verschaffen. Muss ich auf irgendetwas achten? Wissen alle über den Grund meines Erscheinens Bescheid?"

Sie nickt erneut. „Alle sind froh, dass sich jemand um die traurige und unangenehme Angelegenheit kümmern will. Die vielen Beamten, die in der letzten Zeit hier waren, haben die Bewohner ziemlich genervt. Jetzt freuen sie sich über eine Person, die etwas rücksichtsvoller an die Sache herangeht."

„Und das soll ich sein?" frage ich erheitert und gleichzeitig irritiert.

„Dein Chef hat dich so beschrieben, und ich denke, er hat nicht zu viel versprochen. Du kannst dich also von jetzt an wie zu Hause fühlen, und alle werden dir Rede und Antwort stehen. Hast du noch irgendeine grundlegende Frage?"

„Ja, und das frage ich am besten gleich dich, denn bei den anderen Personen werde ich lieber ganz individuell vorgehen. Wie sieht es hier mit dem Erbe aus? Wer erbt den Gutshof, und wer die pharmazeutische Fabrik? Und falls es noch mehr gibt, wer erbt das? Dazu gehört dann auch noch eine wichtige Information über den Besitz, die mich interessiert. Ist irgendetwas davon verschuldet?"

„Die Zwillinge haben von ihren Eltern ein großes Vermögen geerbt. Robert besitzt einige sehr lukrative Immobilienobjekte in der Stadt, die hat er an Geschäftsleute und Privatleute vermietet. Zudem hat er sein gutgehendes Labor für medizinische Forschung. Trotzdem hat ihm sein Bruder jetzt einige Anteile seiner pharmazeutischen Fabrik vererbt, den Rest der Firma und den Gutshof erben seine drei Töchter zu gleichen Teilen. Seine drei Exfrauen sind bereits gut versorgt."

Ich überlege. „Das ist keine spektakuläre Aufteilung. Auf den ersten Blick kann ich kein Mordmotiv darin erkennen. Aber so schnell will ich mich nicht festlegen."

„Ich denke, der Mörder muss sein Opfer gehasst haben", teilt mir Tante Agathe ihre Vermutung mit. „Bertram wurde mit der Waffe aus kurzer Entfernung mitten ins Herz getroffen."

„Der Täter muss gute anatomische Kenntnisse gehabt haben", bemerke ich, „denn nicht jeder weiß, wo das Herz so genau im Körper sitzt. Kennst du denn jemanden, der Bertram gehasst hat?"

Die ältere Dame hebt die Augenbrauen, runzelt die Stirn ein wenig und antwortet zögernd: „Bedingungslos geliebt hat ihn sein Bruder. Seine Töchter sind immer sehr folgsam gewesen und sie schätzen ihn als Geldgeber. Eine Vater-Tochter-Beziehung hat immer ihre Problematik, Liebe ist ein großes Wort, und Hass erst recht. Wenn du mich fragst, so glaube ich, dass es eine von den Exfrauen war, die ihn umgebracht hat."

Ich sehe Agathe erstaunt an. „Befinden sie sich denn hier in der Nähe? Haben sie einen Zutritt zum Gutshof?"

„Sie wohnen in einiger Entfernung, aber das muss ja nichts heißen. Bertram hat zwar alle Schlösser auswechseln lassen, jedes Mal, wenn eine abservierte, reich abgefundene Ehefrau den Hof verlassen hat, aber die Töchter besitzen alle einen aktuellen Hausschlüssel. Davon könnte sich eine der Mütter einen Nachschlüssel gemacht haben, wenn sie es geschickt angestellt hat."

„Wie war er denn überhaupt so, dieser Bertram? Eher ein Geschäftsmann, oder jemand, der den Menschen mit seinen Medikamenten helfen wollte?"

Sie atmet tief. „Das ist schwer zu sagen. Natürlich achtete er darauf, dass er gute Erträge erarbeitete, aber er verbrachte sehr viel Zeit mit seinem Bruder im Labor. Das war so seine Leidenschaft, und die Zwillinge brachten so manches neue Medikament auf den Markt."

Ich sehe sie aufmerksam an. „Und wie war Bertram sonst?"

„Ein typischer Mann. Er liebte den Erfolg und verlor nicht gern. Zu seinen Töchtern war er manchmal streng, aber ab und zu verwöhnte er sie auch mit Geldgeschenken. Ich habe nie eine bestimmte Erziehungsrichtlinie an ihm erkannt. Manchmal dachte ich, er geht ganz nach seiner Laune. Ein bisschen eitel war er, und zu seinen Dienstboten pflegte er Distanz zu halten. Jost ist sowieso wortkarg, in der Kommunikation zwischen den beiden gab es nur wenige Worte, und Miriam ist zwar vorwitzig, aber bei ihrem Chef traute sie sich nicht, große Reden zu schwingen."

„Sie hatte Respekt vor ihm?" frage ich nach.

„Bestimmt. Man wurde nicht nur durch seine imposante Erscheinung beeindruckt, nein, auch sein Auftreten wirkte selbstbewusst und siegessicher. Aber du kannst Miriam, die junge Frau gleich selbst fragen. Sie ist gerade in der Küche und putzt

Gemüse zu. Wenn du also gern einen Tee haben möchtest, kannst du die Gelegenheit nutzen, um sie etwas auszufragen."

„Soll ich der Pietät halber nicht lieber etwas langsamer vorgehen? Ich will nicht länger als nötig den Haushalt durcheinanderbringen, aber das schreckliche Ereignis ist noch nicht so lange her. Da sollte ich Rücksicht nehmen," erkläre ich ihr.

„Wenn die Töchter da sind, geht hier alles bunt durcheinander", berichtet Tante Agathe lächelnd. „Bei so viel Frauen im Haus werden die Regeln abgewandelt."

„Das heißt also, dass Bertram seine Töchter auch nachsichtig behandeln konnte?"

„Selten, ganz, wie er gelaunt war. Aber jetzt ist der Onkel hier, und Robert kann seinen Nichten nichts abschlagen."

„Dann habe ich ja schon einmal den ersten Überblick", finde ich. „Trotzdem habe ich noch eine Frage zu den Ex-Frauen. Die Töchter sind doch alle noch relativ jung. Wie hat es Bertram geschafft, sich relativ schnell von einer Frau zu trennen und sofort wieder eine neue zu finden? Wenn ich es auf meinem Handy richtig gelesen habe, haben die drei Töchter einen Altersunterschied, der stets zwei Jahre beträgt. Ist das richtig so?"

„So ist es. Bertram hat geheiratet und sehr schnell seine erste Tochter Kathinka bekommen. Nach einem Jahr ließ er sich scheiden und erwirkte alle Rechte zur Erziehung seiner erstgeborenen Tochter. Seine Frau Lea fand er großzügig ab. Kurz danach heiratete er Undine, die ihm neun Monate später ebenfalls eine Tochter mit dem schönen Namen Dalida schenkte. Mit seiner zweiten Frau verfuhr er ebenso wie mit der ersten. Er fand sie mit viel Geld reichlich ab und zog beide Töchter mithilfe von Au-Pair Mädchen auf. Als Dalida ein Jahr alt war, heiratete er Carla, die wiederum zehn Monate später ein Kind gebar, und das war dann Jasmin, Bertrams dritte Tochter. Nachdem Jasmin ein Jahr alt war, ließ er sich auch von Carla wieder scheiden und half ihr bei einer Existenzgründung. So zog er seine drei Töchter gemeinsam mit einem Gärtner, verschiedenen Au-Pair Mädchen und diversen Haushälterinnen groß."

„Das hört sich schon etwas merkwürdig an", finde ich. „Ist das alles denn nun so Zufall, oder hat Bertram alles absichtlich so eingefädelt?"

„Er hat nichts dem Zufall überlassen", weiß Agathe. „Ich

habe mich auch darüber gewundert."

„Hast du ihn einmal gefragt, warum er das so eingerichtet hat?"

„Nein. Er selbst sagte mir einmal, diese drei Frauen hätten sich nach der Geburt nicht als die Mütter erwiesen, die er für seine Töchter erwartet hätte. Und so habe er den Frauen eine gute Zukunft ermöglicht und allein derart für die Kinder sorgen können, wie er es sich vorgestellt hat. Offenbar waren die Mütter mit dieser Regelung zufrieden."

„Es klingt sehr seltsam", finde ich. „Aber wenn alle Beteiligten damit zufrieden waren, scheint es wohl die beste Lösung gewesen zu sein. Ich hoffe nicht, dass er einfach nur Frauen gesucht hat, die ihm Kinder schenken, oder?"

„Tatsächlich gibt es dafür keine Indizien. Er hat die Frauen nicht mit Anzeigen, geschweige denn in Portalen gesucht. Er hat sie alle in seinem Umfeld kennengelernt, mit Erfolg umworben und keine Zeit verloren, sie zu heiraten."

„Dann muss er Kinder wohl sehr gern gehabt haben", vermute ich. „Und er muss sich sicher gewesen sein, Kinder gut erziehen zu können. Ist denn mit ihnen alles in Ordnung?"

„Seine Töchter sind so unterschiedlich wie ihre Mütter

und haben eine Reihe ganz interessanter Gene. Da will ich jetzt nun wirklich nicht vorgreifen und dir zu viel aus meiner Perspektive sagen. Es ist besser, du nimmst sie dir einzeln vor."

„Eine interessante Aufgabe", finde ich. „Ich bin immer sehr neugierig auf Menschen und vor allen Dingen stets unvoreingenommen. Dann ist es immer sehr spannend, jemanden kennenzulernen."

Tante Agathe schmunzelt. „Dann kannst du dich jetzt auf einiges gefasst machen. Aber lass dir bitte von Miriam auch einen Imbiss zubereiten, du siehst schon ganz blass aus. Oder haben dich meine Mitteilungen so erschreckt?!"

Eilig schüttle ich den Kopf. „Nein, nein", sage ich schnell. „Ich bin einiges gewohnt."

„Gut, dann sehen wir uns später wieder. Ich muss im Büro noch einige Papiere einsortieren, die uns die Polizeibeamten nach der Durchsicht zurückgegeben haben. Das sind dann die zusätzlichen lästigen Nebenwirkungen, die solch ein tragischer Fall nach sich zieht."

Ich sehe sie mitleidig an. „Es tut mir leid. Ja, solch ein Erlebnis muss schrecklich sein."

Sie wischt sich die feuchten Augenwinkel aus. „Es ist furchtbar, aber ich versuche, starke Nerven zu zeigen. Für die Kinder."

„Bis später!" sagt sie. „Und die Küche findest du hier rechts, gleich nebenan."

Kapitel 2

Miriam, die kleine, etwas mollige junge Frau, lässt nicht zu, dass ich mir meinen Tee selbst zubereite. „Hier werkelt jeder in der Küche herum, wann und wie er will. Dabei bin ich froh, wenn ich mich hier beschäftigen kann. Welchen Tee möchtest du? Wir haben hier eine Menge verschiedener Sorten anzubieten."

Ich wähle einen grünen Tee und setze mich an den langen Tisch. „Dabei wohnen doch hier genügend Personen, die Ansprüche stellen könnten", antworte ich verwundert.

„Bertrams Töchter sind sehr unterschiedlich. Jasmin, die

Empfindliche, isst oft nur das, was sie sich selbst zubereitet hat. Sie ist gegen sehr viele Dinge allergisch und lebt nach einer speziellen Diät. Kathinka und Dalida lieben es etwas mehr extravagant, sie experimentieren gern selbst in der Küche. Nur Robert und Jost kann ich einfach alles anbieten. Sie sind immer zufrieden, wenn jemand für sie kocht. Und ich bin leider so ein altmodisches Hausmütterchen, das jeden versorgen möchte."

„Dann bin ich wohl hier in den nächsten Tagen gut versorgt", teile ich ihr schmunzelnd mit.

Miriam reicht mir den Tee. „Wir werden uns glänzend verstehen", prophezeit sie. „Wie wäre es mit einem Kirschkernkissen für heute Nacht? Die Nächte sind hier im Moment recht kühl, der alte Gutshof ist gut isoliert."

„Ich werde es einmal ausprobieren", verspreche ich ihr und nippe an dem heißen Getränk. „Und jetzt, da ich so gut versorgt bin, möchte ich das Thema leider einmal auf den Verstorbenen lenken. Hast du einen Täter im Verdacht?"

„Wir vermuten, dass es eine von Bertrams Ex-Frauen getan hat, so denken wir alle im Schloss, wobei natürlich jede Tochter ihre eigene Mutter als Täterin völlig ausschließt, was die Sache mehr als kompliziert macht."

„Sie ist sehr kompliziert, ja. Besonders, da mir Agathe bereits mitteilte, dass alle Töchter einen Hausschlüssel besitzen, zu dem auch die Ex-Frauen einen Zugang gehabt haben können. Aber welcher Exfrau traust du denn so etwas zu?"

„Das kann ich leider nicht sagen", bedauert Miriam. „Im Schloss waren sie ja bei Bertram nicht mehr willkommen. Lediglich, wenn er zu einem Kongress unterwegs war, trauten sich die Mütter, hier bei ihren Töchtern eine kurze Stippvisite zu machen, und dabei habe ich sie noch flüchtig gesehen."

„Dann haben sie keinen bedeutenden Eindruck bei dir hinterlassen?" erkundige ich mich seufzend.

„Nun ja, eines ist mir schon aufgefallen, sie sind hier sehr bescheiden aufgetreten, aber das mag an der Situation gelegen haben. Schließlich haben sie nicht das beste Verhältnis zu ihren Töchtern."

„Haben sie überhaupt ein Verhältnis zueinander, die Mütter und die Töchter? Wann haben sie sich denn kennengelernt? Und sind die jungen Frauen nicht sehr böse gewesen auf ihre Mütter?"

„Das mag dir jetzt alles sehr komisch vorkommen, ungewöhnlich ist es ja auch. Aber die Kinder haben es nicht anders kennengelernt, sie hatten ihre Au-Pair Mädchen und Haushälterinnen als weibliche Umgebung, den Vater und manchmal den Onkel als männliche Vorbilder. Sie kannten es nicht anders, und sie wussten es nicht anders. Sie waren in keinen öffentlichen Schulen, sondern hatten Privatlehrer, und als Freunde kamen nur ganz auserwählte Kinder, die Bertram eingeladen hat. Ins öffentliche Leben entlassen wurden die Töchter erst, als sie achtzehn Jahre alt waren."

„Für mich hört sich das alles sehr merkwürdig an", gestehe ich ihr. „Warum hat Bertram aus den Mädchen Außenseiterinnen gemacht?"

„Er behauptete, sie seien ganz normal groß geworden. Mit dem Haus-Personal, dem Onkel, den Schwestern, den Au-Pair Mädchen und den ausgewählten Freunden hätten sie genug Gesellschaft gehabt, um ganz wie jeder andere Mensch aufzuwachsen."

„Es fehlen ihnen wichtige Erfahrungen", behaupte ich. „Man muss sich doch seine Freunde im Leben selbst aussuchen können, auch wenn man dabei einmal auf die Nase fällt."

„Bertram sah das anders. Er meinte, dazu hätten sie dann im späteren Leben noch Zeit genug."

Ungläubig sehe ich sie an. „Dann war er doch ein komischer Kauz. Wie war er denn zu dir. War er ein umgänglicher Mensch?"

„Wir hatten niemals persönliche Gespräche. Morgens hat er mir die Anweisungen für den Tag gegeben, und dann habe ich ihn gesehen, wenn ich für ihn und seinen Bruder das Essen aufgetragen habe. Das Abräumen war mir erst wieder erlaubt, wenn sie sich bereits vom Tisch entfernt hatten. Das war auch schon alles. Wie das früher war, kann ich nicht sagen, denn als ich ihr ins Haus kam, war gerade die letzte Tochter flügge geworden und hatte bereits den Gutshof verlassen. Zu Besuch kamen sie dann zu den üblichen Feiertagen wie Weihnachten und Ostern."

„Gab es da fröhliche Feste?" möchte ich wissen.

„Falls du eine ausgelassene Stimmung meinst, nein, die gab es nie. Ich empfand dieses Beisammensein immer als etwas steif und unnatürlich, obwohl die drei jungen Frauen ihren Vater jedes Mal mit Umarmungen begrüßten und sich auf diese Art und Weise auch wieder verabschiedeten."

„Sicherlich haben sie sich in all den Jahren an seine Art gewöhnt", vermute ich. „Agathe erzählte mir, dass sie auch mit einer gewissen Strenge erzogen wurden. Ich bin schon sehr gespannt, die drei Schwestern kennenzulernen."

„Wundere dich aber bitte über nichts", empfiehlt mir Miriam. „Ich vermute, dass sich die drei jungen Frauen noch in einer Art Schock-Zustand befinden. Es ist ja nicht nur der Vater, die wichtigste Bezugsperson verstorben, sondern diese Art des Todes muss auch verkraftet werden."

„Ich denke, ich habe mich gedanklich gut vorbereitet", tröste ich sie. „Wen störe ich jetzt am besten zuerst? Kannst du mir einen Tipp geben?"

Miriam nickt fröhlich. „Bei Kathinka wirst du momentan kein Glück haben, sie joggt gerade, und befindet sich irgendwo in der Prärie. Dalida hat eben ihren Schönheitsschlaf beendet und lässt sich gerade massieren. Aber Jasmin kannst du antreffen. Um diese Zeit liegt sie gerade auf der Couch in ihrem Zimmer und sieht irgendeine Doku Soap. Sie wirst du also momentan auf jeden Fall entspannt antreffen."

„Und wo finde ich die junge Frau?"

„Ihr Zimmer liegt im ersten Stock. Es ist gleich das erste auf der linken Seite, mit dem Blick zum

Gartenteich. Du kannst es gar nicht verfehlen, denn die Geräusche des Fernsehers dringen bis auf den Flur."

„Dann wünsch mir Glück!" fordere ich sie schmunzelnd auf. „Ich hoffe, dass ich nicht in irgendeine wichtige Szene hineinplatze. Aber ich kann es nun mal nicht ändern. Schließlich bin ich hier zum Arbeiten."

„Vermutlich ist sie nicht gut gelaunt. Aber das ist auch nichts Ungewöhnliches. Jede der drei Töchter ist auf ihre Art und Weise launisch. Ich denke, das haben sie von ihrem Vater geerbt. Also mach dir nichts draus!"

„Ich werde es überleben" antworte ich schmunzelnd.

Kapitel 3

Ein müdes „Herein" antwortet auf mein Klopfen an Jasmins Zimmertür.

Die attraktive junge Frau mit dem langen schwarzen Haar liegt auf der Couch und nickt mir kurz zu, als ich das Zimmer betrete.

„Setz dich bitte auf den Sessel", fordert sie mich mit matter Stimme auf und stellt den Ton des Fernsehers etwas leiser.

„Störe ich?" frage ich vorsichtshalber noch einmal nach.

Sie schüttelt leicht den Kopf. „Wir haben dich erwartet. Und wir sind sehr daran interessiert, dass der Mörder unseres Vaters gefunden wird. Aber wundere dich hier nicht über uns! Wir sind schon ein paar komische Typen, und jeder verarbeitet den Tod des Vaters auf seine eigene Art und Weise. Ich habe hier früher nicht den ganzen Tag auf der Couch gelegen und den Fernseher angehabt. Das hätte, ganz nebenbei, unser Vater auch nicht geduldet. Aber momentan weiß ich mit meinem Leben nichts anzufangen und befinde mich selbst in einer Situation, die einem falschen Film ähnelt. So lasse ich einfach erst einmal die Zeit vergehen und warte, ob irgendein fernes Licht zu sehen ist, von dem ich momentan nicht einmal glaube, dass es kommen wird."

„Es tut mir sehr leid, für dich und deine Schwestern, natürlich auch für alle anderen, die ihm nahestanden. Ich hoffe, dass ich helfen kann."

„Ja, das wünschen wir uns alle", sagt sie leise.

„Wenn du trotz dieses schweren Schicksalsschlags und seiner Trauer imstande bist, mir so viel wie möglich zu erzählen, kann das sehr hilfreich sein", antworte ich.

„Das Schlimme ist, dass wir alle vor einem Rätsel stehen. Unser Vater hatte doch keine Feinde", behauptet sie.

„Aber irgendjemanden muss es gegeben haben, dem er im Weg war. Ein Motiv wäre schon einmal ganz hilfreich."

„Geld kann schon einmal kein Motiv gewesen sein", glaubt Jasmin. „Wir alle sind immer gut von meinem Vater versorgt worden. Er war sehr großzügig. Sein Bruder Robert besitzt mehr Geld, als er je ausgeben kann, und er ist viel wohlhabender, als es mein Vater je gewesen ist. Auch meine Mutter, und die Mütter meiner Schwestern, wurden von meinem Vater stets gut versorgt, auch noch später, nachdem sie große Abfindungen erhalten haben. Wenn sie etwas brauchten, konnten sie ihn fragen, und er war jederzeit bereit, sie auf alle erdenkliche Weise zu unterstützen."

„Aber ist dieses Erbe jetzt nicht doch noch ein ganz schöner Brocken mehr? Ist dieses Vermögen nicht auch sehr verlockend für jemanden, der große Träume hat?"

„Nein, das kann auf keinen Fall ein Grund für den Mord gewesen sein", glaubt Jasmin. „Die Erben bekommen diese riesigen Summen nicht sofort in bar ausbezahlt. Es gibt Verwalter, die beauftragt sind, diese großen Vermögen als eine Art Rente auszuzahlen. So stehen wir uns jetzt finanziell nicht viel besser als vorher auch. Meine Schwestern und ich, wir haben uns gestern einmal zusammengesetzt und zum ersten Mal über diese Tat gesprochen. Wir sind davon überzeugt, dass mein Vater von jemandem umgebracht wurde, der ihn sehr gehasst haben muss. Der Täter muss vor ihm gestanden und direkt auf sein Herz gezielt haben, mit großer Entschlusskraft, und wahrscheinlich auch mit sehr vielen schlimmen Gefühlen."

Ich sehe die junge Frau aufmerksam an. „Aber wer kann das gewesen sein?"

Sie seufzt. „Leider kann ich dazu gar nichts sagen. An seinem Berufsleben hat uns Vater nicht teilhaben lassen. Gar nichts wissen wir darüber, weder über seine tägliche Arbeit noch über seine Forschung. Wenn wir einmal danach gefragt haben, blockte er sofort ab. Das sei nichts für uns, wir sollten uns lieber um unser eigenes Leben kümmern. Aber das war sehr unüberlegt von ihm. Auf diese Art und Weise haben wir gar nicht mitbekommen, dass er überhaupt Feinde hatte."

„Sehr schade", bemerke ich und ändere meine Taktik. „Der Polizei ist kein Einbruch bekannt. Es gibt keine Einbruchsspuren. Dann muss dein Vater seinen Feind unbemerkt und vielleicht versehentlich ins Haus gelassen haben. Denn er wurde, wenn ich richtig unterrichtet bin, in seinem Zimmer überrascht. Mein Chef rekonstruierte es jedenfalls so. Möglicherweise hat sich der Täter einen Schlüssel besorgt."

„Aber denke nicht, dass es eine seiner Ex-Frauen gewesen ist! Sie haben sich schon seit vielen Jahren ihr eigenes Leben aufgebaut und kommen damit gut zurecht."

Ich lasse nicht locker. „Aber theoretisch wäre es für diese Frauen doch möglich gewesen, sich einen Nachschlüssel anfertigen zu lassen, oder?"

„Auf so eine verrückte Idee wäre keine von ihnen gekommen. Ihn in seinem eigenen Haus zu ermorden, das wäre für alle drei eine sehr leichtsinnige Sache gewesen. Dort lebt nicht nur der Gärtner, dort wohnen auch die Haushälterin und ab und zu Tante Agathe. An bestimmten Tagen kommen auch Reinigungs-Frauen. Aber die können wir auch ausschließen, denn am Mord-Tag befanden sich alle nachweisbar auf einem Betriebsausflug an einem weit entfernten Ort."

Ich seufze. „Seine Firma befindet sich im Ausland, und seine Angestellten sieht er nur im Chat. Deswegen hat mein Chef bis jetzt auch ausgeschlossen, dass der Täter aus diesem Bereich stammen könnte."

Jasmin hebt die Augenbrauen. „Nun ja, auch wenn es für einen seiner Mitarbeiter schwierig wäre, sich ein Hausschlüssel zu beschaffen, so ist es doch denkbar, dass mein Vater einem solchen Besucher die Tür geöffnet hätte."

„Die Polizei hat keine fremden DNA-Spuren gefunden", erinnere ich sie. „Und hätte er einen Mitarbeiter in sein privates Zimmer Schlafzimmer geführt? Sicherlich wäre er mit ihm ins Büro oder einen anderen Raum gegangen."

„Vielleicht war es eine Mitarbeiterin", vermutet Jasmin. „Über sein Liebesleben sind wir überhaupt nicht informiert.

„Vielleicht hatte er sich per Chat in jemanden verliebt und diese Frau zu sich eingeladen."

„Wahrscheinlich hätte er vorher seine Haushälterin und seinen Gärtner informiert", wende ich ein. „Für einen Gast, der von weither kommt, werden doch sicherlich auch Vorkehrungen getroffen."

„Wenn du an meinen Vater denkst, darfst du nicht an eine ständig rationale Handlungsweise denken", rät sie mir. „Er hatte zwar seine strengen Regeln, aber er war unberechenbar."

„Immer schon?" möchte ich wissen.

Jasmin atmet tief. „Schon immer. Ich erinnere mich an viele Geburtstage, zu denen ich reichlich beschenkt wurde. Ich bekam selten das, was ich mir wünschte, aber immer sehr ausgefallene und teure Geschenke. Zu meinem fünften Geburtstag wünschte ich mir eine große Puppe mit dem dazugehörigen Bett, aber ich bekam ein modernes Fahrrad mit Stützrädern, sehr viele Klamotten und elektronisches Spielzeug. Eine Puppe war nicht dabei. Zum Frühstück gab es schon Kuchen und mein Vater gratulierte mir. Nachdem er eine Tasse Kaffee mit uns getrunken hatte, erklärte er mir, dass er ganz wichtige Arbeiten zu erledigen habe, und danach sah ich ihn den ganzen Tag nicht mehr. Ich lag zwar bis in die Nacht hinein wach und hoffte, dass er mir noch gute Nacht sagen würde. Aber er tat es nicht. Am anderen Morgen lag eine große Schachtel Pralinen auf meinem Platz, und ich dachte mir, dass er sich damit entschuldigen wollte. Ich habe die Bonboniere dem damaligen Kindermädchen geschenkt und habe lange Zeit keine Pralinen angerührt."

Ich sehe die junge Frau ungläubig an. „Er kannte deine Wünsche und hat sie nicht erfüllt, obwohl er genügend Geld hatte?"

„Ja, so war er, immer für Überraschungen gut. Er hat uns sehr unterschiedlich behandelt, und wir dachten, das müsse so sein."

Ich horche auf. „Inwiefern?"

„Meiner Schwester Dalida hat er weder das geschenkt, was sie sich wünschte noch andere große Überraschungen besorgt. Ihr hat er stets nur Geld gegeben und gesagt, sie solle sich selbst etwas davon kaufen. Und das hat er nicht erst begonnen, als sie groß war, sondern von Kleinkind an."

Ich staune. „Hat es ihr gefallen?"

„Sie hat immer so getan, als sei sie froh darüber. Aber ich bin nicht ganz sicher, ob sie nicht insgeheim enttäuscht war, dass er sich so wenig Mühe mit ihren Geschenken gab."

„Es erstaunt mich, dass er euch unterschiedlich behandelt hat, gab es einen besonderen Grund dafür? Hat er eine seiner Töchter bevorzugt?"

„Ich denke, wir sind nie alle ganz genau hinter seine Absichten gekommen, dazu hat auch viel zu wenig Zeit mit uns verbracht. Manchmal nur das Frühstück am Morgen, aber auch das geschah nur äußerst selten."

„Wie hat er Kathinka, die Älteste beschenkt? Hat er ihr auch Geld gegeben?"

Jasmin schüttelt den Kopf. „Nein, er hat ihr eine ganze Reihe von Katalogen vorgelegt, mit vielen hübschen Bildern darin. Sie durfte sich Teile aussuchen und sollte sie ankreuzen. Aber er hat dann nichts daraus bestellt. Kurz vor ihrem Geburtstag hat er dem damaligen Kindermädchen Geld gegeben und sie in die nächste Stadt zum Einkaufen geschickt. Aber dort gab es natürlich nicht immer das, was sich Kathinka ausgesucht hatte. Das eine oder andere war schon mal dabei, aber der Rest, das waren dann auch Verlegenheitskäufe."

„Habt ihr euch nicht darüber gewundert und euch gegenseitig ausgetauscht?"

Jasmin schüttelt leicht den Kopf. „Wir haben es nicht anders gekannt, deswegen empfanden wir es als normal. Außerdem haben wir uns auch nicht den ganzen Tag gesehen. Jeder von uns bekam ein eigenes Programm. Ich hatte viel Musik-Unterricht, Dalida und Kathinka wurden zum Sport geschickt. Erst eines Tages, als uns ein Au-Pair Mädchen darauf aufmerksam machte, haben wir angefangen, uns über die Art und Weise seiner Erziehungsmethoden zu wundern."

„Und mit ihr habt ihr euch dann darüber unterhalten?"

„Ja, sie erzählte uns etwas vom Ödipus Komplex, den es bei

Müttern und Söhnen gibt, aber sie sagte, die Vater-Tochter-Beziehung sei noch etwas viel Diffizileres. Und bei uns sei es schon etwas außergewöhnlich. Sie meinte, so wie er uns seine Zuwendung in kleinen Brocken verteile, so könnten wir einmal Schwierigkeiten in unserer späteren Partnerschaft bekommen."

„Und? Habt ihr?" frage ich geradeheraus.

Jasmin verzieht das Gesicht. „Dalida hat noch nie einen Partner gehabt, sie behauptet auch, keinen zu wollen. Nachdem Kathinka einmal Pech hatte, hat sie sich entschlossen, mit den

Partnern nur noch zu spielen. Und ich lasse mich offenbar immer wieder auf die falschen ein."

Ich sehe sie erwartungsvoll an. „Könnte das mit dem Verhalten eures Vaters zusammenhängen?"

„Bestimmt nicht", entgegnet sie fest. „Wir haben in unserer Kindheit gelernt, mit Überraschungen fertig zu werden. Ich denke, das ist eine gute Vorbereitung für das Leben in der Welt."

„Kommt ihr denn sonst klar?" wage ich eine weitere indiskrete Frage.

„Du meinst beruflich?"

„Zum Beispiel."

„Ich arbeite in einer Frauenarztpraxis als medizinisch-technische Angestellte und bin vorwiegend an der Information, weil ich ganz gut mit den Leuten klarkomme. Aber manchmal fühle ich mich auch sehr gestresst, weil es zu viele unzufriedene Menschen gibt, die ständig meckern und von mir erwarten, dass ich Wunder vollbringe."

„Vermutlich bist du sehr sensibel", schätze ich. „Kann es sein, dass du sehr viel persönlich nimmst, was die Patienten so alles von sich geben?"

Jasmin seufzt. „Das mag sein. Deswegen sitze ich schon an der Anmeldung, da kann ich nicht so viel falsch machen wie im Behandlungszimmer."

„War deine Ausbildung denn nicht ausreichend?" erkundige ich mich erstaunt.

„Doch, schon. Ich hatte gute Abschlussnoten. Aber ich habe trotzdem häufig Angst, etwas falsch zu machen."

„Dann ist es an der Zeit, dein Selbstbewusstsein aufzubessern", schlage ich ihr vor. „Daran kann man arbeiten. Und deine Schwestern?"

„Dalida hat ein bisschen Kunst und ein bisschen Geschichte studiert, aber beides hat sie abgebrochen. Jetzt verscherbelt sie Antiquitäten und arbeitet nebenbei in einer Immobilienfirma. Sie macht auch viel mit dem Internet, da hat sie wohl auch irgendeinen Modeblog."

„Ist sie zufrieden?"

Jasmin lacht. „Ich glaube, sie hat gar keine Zeit, darüber nachzudenken. Sie ist ja ständig unterwegs mit ihrem schicken Sportwagen. Du wirst dich selbst davon überzeugen können."

„Ich bin schon gespannt, sie kennenzulernen", gebe ich zu. „Ist Kathinka auch so rastlos?"

„Nein, überhaupt nicht. Sie ist die Inhaberin eines sehr originellen Partnerschafts-Portals und bietet nebenbei Problem-Beratung für Beziehungen an."

„Hört sich gut an", finde ich. „Was ist denn an diesem Partnerschafts-Portal so außergewöhnlich?"

„Sie organisiert die ersten Rendezvous von Kandidaten, die sich kennenlernen wollen, und zwar in einer winzigen Kaffeestube, die ihr ebenfalls gehört."

„Klingt interessant", bemerke ich. „Woher hatte sie das Geld für den beruflichen Start?"

„Vater hat uns jedem zum achtzehnten Geburtstag eine hübsche Summe Geld gespendet, und uns dann höflich aus dem

Haus komplimentiert. Dalida und Kathinka haben ihren Anteil sofort investiert, ich habe ihn als Notgroschen angelegt. Man weiß ja nie. Und ich möchte auch nicht ewig das tun, was ich jetzt gerade mache. Das habe ich zumindest schon einmal für mich festgestellt."

„Ich dachte, du hast Spaß daran, Menschen zu helfen", sage ich etwas verwundert.

„Es ist zu viel Stress", findet sie. „Möglicherweise mache ich mir selbst auch einigen Stress. Aber ich bin noch auf der Suche nach dem, was mir richtig Spaß macht. Mit meinen achtundzwanzig Jahren muss ich ja noch nicht am

Ende meines Weges angekommen sein."

Ich gebe ihr Recht. „Das stimmt. Du kannst frei entscheiden, was du möchtest, und hast sogar ein gutes Startkapital im Rücken."

Sie seufzt. „Vielleicht ist jetzt dieses Ereignis der große Schnitt in meinem Leben. Möglicherweise finde ich jetzt einen neuen Anfang."

„Konntest du das vorher nicht, als dein Vater noch lebte?" frage ich lauernd.

„Darin sind wir uns alle einig, er übte einen unbestimmten Druck auf uns aus. Es war sein Blick, der uns immer sagte, dass ihm etwas an uns missfiel. Und den mochten wir alle drei nicht. Und jetzt fühle ich mich ziemlich müde", eröffnet sie mir. „Können wir das Gespräch vielleicht später weiterführen?"

„Aber gern", antworte ich freundlich. „Ich hoffe, es hat dich jetzt nicht allzu sehr mitgenommen. Ruh dich gut aus und entspann dich! Denn ich werde dich heute nicht mehr nerven", verspreche ich ihr.

Kapitel 4

Als mir im Flur der blasse Herr mit den angegrauten Schläfen entgegenkommt, bin ich sicher, dass es sich um Roberto, Bertrams Bruder handelt.

Er begrüßt mich freundlich. „Guten Tag, Hannah! Jost hat eben dein Gepäck in die kleine Suite geräumt. Ich hoffe, du nimmst es mir nicht übel, dass wir uns auf dem Gutshof nicht sehr förmlich aufführen, sondern eine kontinentale Begrüßung bevorzugen. Wenn es dir allerdings nicht gefällt, kann ich auch gern das förmliche Sie benutzen."

„Ich bin es zwar in meinem normalen Arbeitsleben nicht gewohnt, eine fremde, ältere Person mit Du anzusprechen, aber meinem Auftrag, über den Verstorbenen und einen möglichen Täter etwas herauszufinden, kommt das persönliche Du sehr entgegen. Wenn man sich etwas vertrauter vorkommt, ist ein tieferes, vertrauliches Gespräch möglich."

Er nickt. „Und an mich hast du bestimmt auch eine Menge Fragen."

„Ja, das habe ich. Aber ich möchte keine Hektik verbreiten. Wir können das alles in Ruhe abarbeiten."

„Wenn ich mich hier in diesen Räumen befindet, bin ich immer gesprächsbereit", verrät er mir. „Du kannst mir direkt ein paar Fragen stellen!"

Auf meinem Gesicht entsteht ein schiefes Lächeln. „Am liebsten würde ich jetzt fragen, wer war der Mörder, aber das herauszufinden, wird eine langwierige Arbeit sein. Ich habe von anderer Seite gehört, dass die Ex-Frauen eventuell ein Motiv haben könnten, das mir aber bis jetzt noch sehr schleierhaft erscheint. Könnte da etwas dran sein?"

Robert sieht mich freundlich an. „Natürlich wirst du das jeden fragen, und das habe ich auch schon erwartet. Aber einen so konkreten Verdacht habe ich nicht. Aus der Ferne betrachtet haben die drei Frauen auch kein Motiv, Bertram aus dem Weg zu räumen. Finanziell sind sie gut abgesichert und haben durch seinen Tod keine Vorteile. Was die persönlichen Vereinbarungen anbelangt, so haben sie sich schon seit vielen Jahren mit den Vorschlägen meines Bruders einverstanden erklärt und allem Anschein nach damit auch viele Jahre zufrieden gelebt. Ein neues, plötzliches Mordmotiv sehe ich da nicht."

„Aber was sind das für Frauen, die deinem Bruder einfach so ihre Kinder anvertrauen? Hatten sie überhaupt einen echten Kinderwunsch? Oder hat jede Bertram nur einen Gefallen getan wie eine Art Leihmutter? Ich kann es mir so gar nicht vorstellen, dass eine Mutter ein Kind zur Welt bringt und es dann fremden Händen überlässt."

Robert nickt. „Es ist nur schwer vorstellbar. Man denkt sofort an sehr hartherzige Mütter. Tatsächlich hat sich Bertram Frauen ausgesucht, denen eine Karriere sehr wichtig war, und er hat jede vor der Ehe gefragt, ob sie sich vorstellen kann, ihm ein Kind zu schenken, das er ganz allein erziehen darf. Offensichtlich hatte er ihnen versprochen, diese Kinder sehr gut zu erziehen, alles für sie zu tun. Daraufhin haben sie sich wohl auf ihn eingelassen."

„Das verursacht in mir keine guten Gefühle", gestehe ich ihm. „Natürlich mag es Menschen und auch Väter geben, die etwas mehr oder weniger pädagogisch begabt sind, aber in der Regel ist doch eine Mutter trotzdem unersetzlich."

„Du vergisst, dass es tatsächlich Frauen gibt, deren natürliche Mutterinstinkte etwas unterentwickelt sind. Genau die hat Bertram gesucht und gefunden. Er hat die Mütter ja nicht völlig isoliert, und sie hätten die Kinder jederzeit besuchen können. Statt der echten Mütter hat er den Kindern freundliche Haushälterinnen und geschulte Au-Pair Mädchen vorgesetzt, die eine Art Mutterersatz waren."

Seine Worte lassen mich erschaudern. „Es hört sich zwar tröstlich an, dass er diesen Kindern freundliche Bezugspersonen bescherte, aber ist eine echte Mutter nicht sehr wichtig?!"

„Weißt du, wie viele echte Mütter keine richtigen Mütter sind?" ruft er mir ins Gedächtnis. „Es gibt viele, die ihre Kinder vernachlässigen oder froh sind, wenn der Nachwuchs fort ist. Da du schon einmal von „echten Müttern" sprichst, was ist eine echte Mutter? Wie sieht es denn dann mit den Adoptivkindern aus? Können die nicht auch sehr liebevolle Mütter haben?"

„Wenn es das Schicksal so will, dann habe ich überhaupt nichts dagegen", entgegne ich. „Aber es sieht so konstruiert aus. Welche Absichten hegte dein Bruder? Und hat das alles dann wirklich so harmoniert?"

„Mein Bruder hat behauptet, dass er genau weiß, was er tut. Die Kinder wurden weder geschlagen noch misshandelt, er selbst hat für das materielle Wohl gesorgt, wie so mancher andere Vater auch, und das weibliche Personal hat sich um alles andere gekümmert."

„Hast du dich selbst davon überzeugt?" frage ich geradeheraus.

„Ich habe immer sehr viel in meinem Labor gearbeitet", gesteht er. „Die Kinder mussten immer sehr früh zu Bett gehen, dort durften sie noch lesen oder sich anderweitig beschäftigen. Da habe ich dann schon ab und zu einmal mit einem Hauslehrer geredet, und sie alle haben behauptet, die Kinder seien sehr gut erzogen."

„Ich habe aber gehört, dass Bertram auch sehr streng gewesen sein soll. Ist da etwas dran?"

„Das kommt darauf an, was man darunter versteht. Er hatte Regeln, die er selbst eingehalten hat, und von denen er wünschte, dass sie auch von allen anderen eingehalten werden."

Ich sehe Robert aufmerksam an. „Ließ er Ausnahmen gelten?"

Er schüttelt den Kopf. „Nein, tatsächlich nicht. Und dafür habe ich ihn immer bewundert. Er war ein Mensch mit Charakter. So sagt man doch wohl dazu, oder?"

„Ich halte nichts von Regeln ohne Ausnahmen", entgegnete ich misstrauisch. „So etwas gibt es im Leben nicht, und mir kommt dabei auch nicht das Wort Charakterstärke in den Sinn, sondern Sturheit und eine unnatürliche Starre. Welche Beweggründe hatte er für sein

Handeln? Warum hat er diese eigenartige Familie in dieser Form gegründet und viele Jahre aufrechterhalten? Einfach so aus Spaß? Oder betrieb er Forschungen? Hat er die Erziehungsmaßnahmen vielleicht irgendwo notiert oder vielleicht sogar katalogisiert?"

„Nein. Warum sollte er das? Die Polizei hat seine sämtlichen Computer und Telefonanlagen kontrolliert und überprüft. Man hat nichts Merkwürdiges gefunden, nicht einmal eine gelöschte Datei. Und um etwas mit der Hand aufzuschreiben, dazu hat er sich keine Zeit genommen. Er war viel zu beschäftigt."

Ich bin immer noch nicht zufrieden. „Vielleicht gibt es irgendwo Tonträger mit Aufzeichnungen?"

„Auch danach hat die Polizei schon seine Wohnung und das Labor, ja sogar seine Firma auf den Kopf gestellt, um nach irgendeinem Mordmotiv zu suchen. Aber es ist nichts gefunden worden. Seine Familie war sein Privatleben, und das hat er auch so behandelt."

Ich sehe ihn aufmerksam an. „Ist meine Frage so abwegig?"

„Nein, ich weiß genau, worauf du hinauswillst. Du bist auf Motivsuche, und das ist sehr vernünftig. Du hast bis jetzt noch nicht ausgeschlossen, dass eine der drei Töchter ihren Vater umgebracht haben kann, und du stützt sich dabei auf die Tatsache, dass alle drei einen Schlüssel zum Haus haben. Ferner hast du mit Sicherheit schon überlegt, dass Bertram in Beziehung auf seine Töchter sicher ganz arglos dastand und jede von ihnen in sein Zimmer gelassen hätte. Und nun suchst du nach dem Mordmotiv, weil du glaubst, dass er bei seiner Erziehung irgendetwas falsch gemacht hat. Du denkst, dass eine seiner Töchter den Racheengel gespielt hat. Stimmt es?"

„Ich muss erst einmal so denken", erkläre ich ihm. „Ich gehe mit dem Ausschlussverfahren voran, aber genau deswegen muss ich erst einmal jeden Verdächtigen gründlich untersuchen. Und es ist richtig, die Tatsache, dass seine Töchter einen Schlüssel besitzen, besagt, dass theoretisch jede von ihnen die Mörderin gewesen sein kann. Seine sehr merkwürdigen Erziehungskonzepte veranlassen mich dazu, dass ich genauer darüber nachdenke."

„Warum sollten Bertrams Töchter mit seinen Erziehungsmethoden nicht klargekommen sein?" wirft er ein. „Sie haben sich, alle drei gut vorbereitet, vor einiger Zeit in den Lebenskampf gestürzt. Sie hätten sich bei ihm beschweren können."

Ich schüttle den Kopf. „Bisher habe ich von allen erfahren, dass er die Kinder sehr streng erzogen hat. Sie mussten brav sein, damit er sie liebte. Da geht man da nicht so einfach dahin und beschwert sich beim Vater, wenn etwas nicht stimmt."

„Das ist wohl sehr weit hergeholt", behauptet er. „Dafür müsste man erst einen Beweis finden. Aber keine Sorge! Meine drei Nichten hatten keine Schmauchspuren an den Fingern."

„Niemand von allen möglichen Verdächtigen, auch niemand von den Hausbewohnern hatte Schmauchspuren an den Händen", erinnere ich mich an das Polizei-

Protokoll. „Da gibt es heute schon ganz spezielle Handschuhe, die das verhindern können."

„Für meine Nichten lege ich die Hand ins Feuer", beteuert er mir. „Aber beispielsweise die Mütter gerieten am Anfang noch gar nicht in Verdacht. Eine von ihnen könnte also Zeit genug gehabt haben, sich der Schmauchspuren entledigt zu haben."

„Keine Sorge! Ich werde jede einzelne von ihnen besuchen und überprüfen", antworte ich locker.

„Das Besuchen kannst du dir sparen. Ich habe sie für morgen hierhin eingeladen, damit du dir ein genaues Bild machen kannst."

Ich staune. „Wie aufmerksam! Das hilft mir schon sehr viel weiter."

Er schenkt mir ein freundliches, dennoch etwas distanziertes Lächeln. „Es freut mich, wenn ich dir helfen kann. Und das ist nicht nur in deinem, sondern auch in meinem, in unserem Interesse. Doch jetzt muss ich mich leider verabschieden, ich habe noch einen wichtigen Termin. Trotzdem kannst du dich jederzeit bei mir melden." Er reicht mir ein Kärtchen mit seiner Telefonnummer und verabschiedet sich rasch.

Meine Gedanken kreisen im Kopf. Was soll ich jetzt von ihm und seinen Mitteilungen halten?

Zunächst einmal muss ich mich erinnern, dass auch er der Mörder sein kann. Mein Gefühl sagt mir allerdings, dass er kein Mensch ist, der häufig seine Beherrschung verliert. Eine Tat im Affekt schließe ich ganz aus. Aber er war im Haus, als der Mord geschah. Was für ein Motiv könnte er gehabt haben? Eifersucht auf Bertrams Erfolg, sein Geld? Nein, davon hatte er gemäß den Angaben meines Chefs, selbst genug.

War es vielleicht Eifersucht darauf, dass sein Bruder sein Privatleben so konstruierte, wie er es sich vorstellte? Was für ein Privatleben hatte Robert eigentlich? Hatte er eine Beziehung, hatte er Freunde?

Zu Bertrams Töchtern schien Robert ein gutes Verhältnis zu haben, nach dem ersten Eindruck sehe ich ihn als einen freundlichen Onkel, der seine Nichten verteidigt, wenn es darauf ankommt.

Aber was war mit der gemeinsamen Arbeit der Brüder? Hatte Bertram vielleicht irgendeine Entdeckung im Labor gemacht, mit der er ein Patent erwerben konnte?

Wie teilten sie sich die beiden überhaupt die Arbeiten im Labor? Arbeitete jeder für sich, oder arbeiteten sie gemeinsam an bestimmten Projekten? Gab es

Meinungsverschiedenheiten im beruflichen Bereich?

Da würde ich in den nächsten Tagen mit Sicherheit noch einmal nachhaken müssen.

Ich füttere mein Handy mit ein paar Notizen und begebe mich in die Küche, um Miriam zu fragen, welche der beiden anderen Töchter jetzt etwas Zeit für mich haben könnte.

Die nette junge Frau ist gut informiert. „Kathinka ist vom Joggen zurück, sie hat bereits geduscht und erwartet dich in der Stube, die gleich neben der Eingangshalle liegt."

Kapitel 5

Kathinka, die attraktive junge Frau mit den roten Locken serviert mir ein Glas Wasser und wartet gar nicht ab, bis ich sie frage.

„Ich fange einmal von Anfang an und beantworte dir die wichtigsten Fragen. Natürlich habe ich meinen Vater nicht umgebracht, warum sollte ich das auch? Und ich hatte ein völlig normales Verhältnis zu ihm, also auch keinen Grund, ihn zu ermorden."

„Wie würdest du ein „normales Verhältnis" definieren?" hake ich nach.

„Er hat wohl sein Bestes gegeben, auch wenn das nicht immer alles so war, wie man es sich vielleicht gewünscht hätte. Die Menschen sind eben sehr unterschiedlich, jeder hat seine Vor- und Nachteile seine Stärken und Schwächen. Wir haben es so akzeptiert, weil wir noch viele andere Menschen um uns herumhatten, die viel Zeit mit uns verbrachten. Da waren unsere Lehrer, die Haushälterinnen und die Au-Pair-Mädchen, mit denen wir uns gut verstanden haben. Wir

waren gut versorgt, was will man
mehr?!"

„Ich habe gehört, dass es zum
Beispiel auch Schwierigkeiten an
den Geburtstagen gab", erinnere
ich mich an Jasmins Aussage.
„Warst du da nicht sauer auf
deinen Vater, wenn er dir nicht das
bescherte, was du dir gewünscht
hast?"

„Ich habe schon sehr früh in
Büchern gelesen, über alle
Menschen, und auch speziell über
die Männer. Viele Männer sind
eben so wie mein Vater. Das kann
einem gefallen oder auch nicht.
Ich habe schon immer festgestellt,
dass ich besser mit Frauen reden
kann. Meine Erwartungshaltung ist

also gar nicht so hoch in Bezug auf Männer. Mit der Zeit haben sich meine Erwartungen nach dem Leben und seinen Möglichkeiten gerichtet, ich bin sehr realistisch."

„Du hast dir nie einen anderen Vater gewünscht?!" hake ich noch einmal nach.

„Das Leben ist kein Wunschkonzert, und es gibt bestimmt schlechtere Väter. Beim Schenken, da fehlte ihm eben die Sensibilität, die Empathie. Ich nehme das nicht so tragisch. Sicher hast du diese Information von Jasmin. Sie ist ein zartes Pflänzchen und sehr empfindsam. Das ist schade, damit kann sie sich im Leben nicht so durchsetzen wie

Dalida und ich. Aber sie wird es schon schaffen, sie ist ein gutes Mädchen."

„Gab es denn ähnliche Situationen, so wie bei den Geburtstagen?" erkundige ich mich bei ihr.

„Unser Vater war ein viel beschäftigter Mann, manchmal ziemlich chaotisch und völlig unberechenbar. Mit seiner pharmazeutischen Firma konnte er vielen Menschen helfen, vielen Menschen das Leben retten. Da kann man sich nicht zu Hause um alles kümmern. Dafür hatte er ja die anderen Bezugspersonen für uns besorgt."

„Hast du es ihm übelgenommen, dass er deine Mutter weggeschickt hat?"

„Es ist gut, dass ich sie erst sehr viel später kennengelernt habe. Sie hätte mir sicherlich nicht eine so harmonische Kindheit beschert, wie ich sie mit den Kindermädchen erlebt habe. Man könnte sagen, dass ich jetzt mit meiner Mutter eine Art Freundschaft pflege, aber mehr ist da nicht. Wo soll es auch herkommen? Lea ist eine erfolgreiche Frau geworden, und zwar durch die Unterstützung meines Vaters. Da sind doch alle zufrieden, oder?"

„Wenn du so viele Bücher gelesen hast, ist es dir gar nicht aufgefallen, dass es in deiner Familie ein bisschen anders zugeht als in den meisten anderen?"

Sie schüttelt den Kopf, nimmt einen Schluck Wasser. „Das Leben hat keine Normen, die macht der Mensch. Die Klischees sind das große Problem, und bei meiner Arbeit bin ich damit beschäftigt, die Menschen von unnötigen und falschen Klischees zu trennen."

Ich atme tief. „Schön, das hört sich gut an. Du hast alles gut im Griff. Aber trortdem, was meinst du dazu: Könntest du mir jemanden nennen, der deinen Vater so hasst, dass er ihn umbringen musste?"

„Ich denke, irgendein Konkurrent wollte ihn aus dem Weg schaffen, denn mein Vater hatte immer die neuesten Produkte auf dem Markt. Seine Forschung war überragend gut. Er hat alle anderen überflügelt."

„Aber wie soll dieser Täter ins Haus gekommen sein? Es gab kein Einbruchsspuren, Jost und Miriam haben ebenfalls niemanden gesehen, und Bertram in seinem Zuhause aufzusuchen und ihn dort zu töten, das klingt nicht sehr durchdacht. Warum sollte ein Fremder dieses Risiko eingegangen sein?"

„Um den Verdacht von sich abzulenken. Nun sieht es so aus,

als sei es jemand von uns, von den Verwandten gewesen. Sein Bruder ist in Verdacht, und wir drei Töchter sind es, die man näher anschauen muss. Außerdem werden noch unsere Mütter verdächtigt. Das ist doch sehr gut eingefädelt", findet Kathinka.

„Möglich ist es, aber ich kann es mir kaum vorstellen", entgegne ich.

Sie lacht. „Also fangen wir noch einmal von vorn an. Warum soll ich meinen Vater umgebracht haben?"

„War er ungerecht zu dir? Hat er dich verletzt?"

„Selbstverständlich kann man auch einmal ungerecht sein, auch als Elternteil", weicht sie aus. „Aber seine Gerechtigkeit war, dass er jeden von uns schon mal ungerecht behandelte. So hat sich das relativiert, wir haben einen Menschen kennengelernt, der Fehler hatte, wie jeder andere."

„Ich sehe schon, du hast den richtigen Beruf gewählt. Du führst Partner zueinander und klärst sie sicher vorher auf, was sie zu erwarten haben. Ist das nicht so?" frage ich sie schmunzelnd.

„Im Prinzip hast du recht. Wir wurden gut darauf vorbereitet, dass es im Leben nicht nur eitel Sonnenschein gibt. Und wir entwickelten unsere Methoden, die Probleme zu lösen."

In diesem Augenblick betritt eine große blonde Frau den Raum. „Einen schönen guten Tag allerseits!" wünscht uns die elegante Dame. „Da bin ich, Dalida!" Sie sieht ihre Schwester herausfordernd an. „Und du versuchst gerade wieder, alle Handlungsweisen unseres Vaters zu entschuldigen und zu beschönigen?"

„Ich sage, wie es war", antwortet Kathinka bestimmt."

„Er war ein herzloses Ungeheuer", platzt Dalida heraus. „Er war kein mitfühlender Mensch, sondern ein

manipulierender Puppenspieler",
behauptet die Schwester.

Ich nehme rasch einen Schluck
Wasser, um mich von meinem
Erstaunen zu erholen.

„Lass dir von Kathinka nichts
erzählen!" empfiehlt mir die
Blonde. „Wir waren sein Spielzeug,
und Bertram hat mit uns gemacht,
was er wollte. Da gab es keine
liebende Mutter, die sich vor uns
gestellt hat. Die Au-Pair-Mädchen
und Haushälterinnen haben ihm
niemals widersprochen. Sie haben
auch nur das getan, was er ihnen
aufgetragen hat."

„Er war völlig normal", behauptet
Kathinka. „Seine Regeln waren
absolut vernünftig. Er hat uns

niemals geschlagen, niemals unangemessen bestraft."

„Er hat uns mit Nichtachtung bestraft", trumpft Dalida auf. „Oft hat er uns gezeigt, wie unwichtig wir für ihn waren, wenn es um unsere persönlichen Wünsche ging. Uns ging es nicht besser als den Kühen in Nachbars Kuhstall."

„Was möchtest du damit sagen?" frage ich nach, obwohl ich ihre Worte verstanden habe.

„So wie ich es gesagt habe, wir wurden mit materiellen Dingen gut versorgt, aber ansonsten waren wir als individuelle Persönlichkeit nicht wichtig für ihn."

„Das ist nicht wahr", widerspricht Kathinka. „Er war eben ein viel beschäftigter Geschäftsmann, der eine große Mission hatte. Er hat uns gut versorgt."

„Ein so stark beschäftigter Geschäftsmann darf sich eben keine Kinder anschaffen", verrät uns Dalida ihre Meinung. „Er war strenger als unsere Lehrer und hat immer den Schulmeister gespielt."

„Er wollte ein Vorbild für uns sein", entschuldigt ihn die Schwester. „Das ist auch wichtig für die Erziehung eines Kindes. Man sollte jemanden haben, zu dem man hochblicken kann."

„Zu einem so materialistischen Menschen kann ich nicht

hochblicken", entgegnet Dalida. „Er war wie ein Roboter."

„Du übertreibst", findet Kathinka. „Für eine Schulter zum Ausweinen hatten wir doch die liebevollen Haushälterinnen. Und gerade du darfst dich doch nicht über die materielle Seite unseres Vaters beschweren. Du hast dich doch immer am meisten gefreut, dass du dir mit seinem Geld alles kaufen konntest. Das macht dir doch auch heute noch viel Spaß."

„Einen höllischen Spaß", behauptet Dalida. „Das Kapital ist der Ersatz für Liebe, und die kann man sich nicht kaufen. Ich habe Geld, um mir das Glück zu kaufen, aber ich fühle es weder in mir noch habe ich es auf meinem Weg irgendwo entdecken können. Selbst ein Kaufrausch kann meinen Hunger nicht stillen."

„Du hast ihn immer schon mit anderen Augen angesehen als ich", schimpft Kathinka. „Du siehst nur seine negativen Seiten, aber er hatte auch andere."

„Und du siehst positive Seiten, die er gar nicht hatte, aber die du dir wünscht", unterstellt ihr Dalida. „Damit willst du dir noch im Nachhinein ein schönes Bild von deiner Jugend erträumen. Aber so war sie nicht, nicht mit unserem Vater."

Kathinka sieht Dalida böse an. „Ich finde es nicht gut, dass du jetzt so über ihn sprichst. Über Verstorbene soll man nicht schlecht reden. Kein Mensch ist ohne Fehler, und er hat sicher auch nicht alles richtig gemacht. Ich bin sicher, dass er es mit allem gut gemeint hat."

„Das sagst du jetzt. Denkst du etwa, dass ich früher nicht gemerkt habe, wie traurig du manches Mal an deinen Geburtstagen warst, genauso wie Jasmin. Und ich war im Grunde genommen auch wütend auf ihn, deswegen habe ich mir oft von seinem Geld unsinnige Dinge gekauft, die ich gar nicht mochte und hinterher wieder weggeschmissen habe. Ich wollte ihn damit ärgern. Aber selbst das habe ich nicht geschafft, denn es war ihm egal, was ich tat."

„Er hatte es eben nicht so mit dem Schenken", verteidigt Kathinka ihren Vater weiter. „Und was nutzt es jetzt, wenn wir nun alte Fehler von ihm wieder hervorsuchen?! Das ist alles Vergangenheit und lange her, und inzwischen haben wir unseren Lebensweg gefunden."

Dalida hebt die Augenbrauen. Haben wir das wirklich? Du ärgerst dich mit Leuten herum, die Probleme haben oder nicht allein zurechtkommen können. Ich biete den Menschen Illusionen an, Häuser, in denen sie glauben, ihr Glück finden zu können, weil sie es in sich bis jetzt noch nicht gefunden haben. Und Jasmin? Wie lässt sich von ihrem Chef und von den Leuten herumkommandieren und zerreißt sich fast aus lauter Hilfsbereitschaft. Und in der Partnerschaft, da sieht es doch auch sehr öde aus. Die dominante Vaterfigur hat uns Angst gemacht. Da bin ich mir ganz sicher."

„Ich finde das überflüssig, dass du so in dem alten Zeiten herumstocherst. Auch wenn wir einen strengen Vater hatten, so hat er doch dafür gesorgt, dass wir gut erzogen wurden. Deine ganze Psychoanalyse kannst du dir sparen. Du willst wohl für jeden von uns ein Mordmotiv konstruieren?!"

Dalida lacht. „Das muss ich gar nicht erst großartig konstruieren. Er hat ein Erziehungs-Schema erfunden und seine drei Töchter da hineingepresst. Er hätte jede von uns individuell anschauen und fördern müssen. Damit zum Beispiel hätte er uns seine Liebe zeigen können. Oder mit ein bisschen mehr Beachtung und liebevoller Behandlung. Sind wir nicht alle verkrachte Existenzen?"

Kathinka schüttelte energisch den Kopf. „Wir machen doch alle genau das, was wir wollen. Und mit seinem Geld als Rückendeckung können wir das auch."

„Das ist es ja gerade auch. Wir haben sein Geld als

Rückendeckung. Was wäre aus uns, wenn wir mittellos dastünden?!"

„Du denkst einfach zu viel über Dinge nach, die es nicht wert sind", findet die ältere Schwester. „Wir sollten uns vielmehr darauf konzentrieren, einen Täter und das dazugehörige Motiv zu suchen. Es ist einfach zu schade, dass wir nicht mehr über Vaters Laborarbeit wissen." Sie wendet sich an mich. „Hast du vielleicht die Möglichkeit, dir da einen Einblick zu verschaffen?"

„Ich werde es auf jeden Fall versuchen", verspreche ich ihr. „Euer Onkel hat mir versprochen, dass er mir bereitwillig Rede und

Antwort steht. Ich denke schon, dass er einiges über Bertrams Arbeit weiß. Sie haben wohl einzeln und zusammen geforscht, wie mir mein Chef verriet. Aber sicherlich weiß Robert mehr als alle anderen."

Dalida sieht mich herausfordernd an. „Hast du unseren Onkel eigentlich auch schon als Täter ausgeschlossen?"

„Mein Gefühl sagt mir zwar, dass er ein sensibler und liebevoller Mensch ist, aber das reicht mir natürlich noch nicht. Und obwohl die beiden friedlich hier gelebt haben und auch genauso friedlich miteinander gearbeitet haben sollen, werde ich mich noch selbst darüber informieren, ob das alles so auch stimmt. Mein Gefühl selbst für seine Unschuld hat nur einen Haken."

„Und der wäre?" erkundigt sich Kathinka interessiert.

„Genau wie Jost und Miriam war er am Tattag hier anwesend."

Kapitel 6

Als ich am Seerosenteich ankomme, um mir die Begegnungen mit Bertrams Töchtern noch einmal ins Gedächtnis zu rufen, treffe ich auf einen fremden jungen Mann, der mir lächelnd entgegensieht.

„Hallo! Ich bin Jonas, Pharmazeut und Chemiker, und ich habe endlich die Erlaubnis bekommen, in den Laboren hier ein bisschen herumschnüffeln zu dürfen. Hast du inzwischen den Gärtner schon verhaftet, Hannah?"

„Teilweise scheinst du ja schon gut informiert zu sein", stelle ich fest. „Meinen Namen kennst du jedenfalls. Aber wie kommst du auf den Gärtner?"

„Ist es am Ende nicht immer der Gärtner?!" antwortet er schmunzelnd. „Oder sieht der Fall doch etwas komplizierter aus?"

„Das Ende ist noch nicht in Sicht", teile ich ihm mit, „aber offensichtlich schließt man doch ein Tötungsdelikt, das mit seiner Forschung zu tun hat, nicht aus. Suchst du nach einem genialen Experiment, das irgendjemandem besonders gefiel oder auch jemandem im Weg war?"

Der junge Mann grinst. „Du hast es erfasst. Natürlich könnte jemand inzwischen alle Spuren vernichtet haben. Aber ich kümmere mich gerade um alle Vorräte in den Laboren und überlege, was man damit alles anfangen kann."

„Sehr gut", finde ich. „Kannst du mich ein bisschen auf dem Laufenden halten? Ich tappe noch völlig im Dunkeln und bin über jedes Fünkchen Licht froh und für jede Info dankbar."

„Natürlich muss ich alle Ergebnisse zunächst einmal meinem Chef mitteilen, aber sobald ich ein „Okay" von ihm erhalte, kann ich dich informieren."

Nachdenklich sehe ich ihn an. „Welche Möglichkeiten sollte ich denn jetzt in Betracht ziehen? Kann ihm jemand eine Formel entlockt und ihn dann getötet haben?"

Er verzieht das Gesicht. „Dann wäre es ein sehr dummer Täter. Ein Forscher würde niemals, auch nicht unter Druck, die wahre Formel verraten. Er würde fantasieren, und der Täter hätte am Ende ein unbrauchbares Ergebnis."

„Dann ist es eher wahrscheinlich, dass ein möglicher Täter verhindern wollte, dass ein neues Präparat auf den Markt kommt. Der Mörder hat möglicherweise selbst etwas erfunden und will der Erste, oder sogar der Einzige sein, der mit solch einem Medikament

Ruhm ernten kann. Ist das eine mögliche Erklärung?"

„Das ist schon denkbar. Aber es kann auch sein, dass ein neues Medikament andere Altere ersetzt, die dadurch überflüssig werden. Es kann auch sein, dass es anderen Wirtschaftszweigen Nachteile bringt."

Ich seufze. „Dann ist es wahrscheinlicher, dass er getötet wurde, weil ein neues Medikament gar nicht erst auf den Markt kommen soll. Habt ihr denn schon in seiner Firma alles untersucht?"

„Ja, meine Kollegen haben gründliche Arbeit geleistet und die ganze Firma auf den Kopf gestellt.

Dort gab es keine Spur von irgendwelchen interessanten, neuen Projekten. Die aktuellen Präparate laufen stetig und erfolgreich. Etwas Neues war nicht in Sicht. Wir haben sogar die letzten Krümel in den Laboren untersucht, aber nicht ein Milligramm eines fremden Stoffes entdeckt."

„Und nun hast du vor, diese Untersuchungen in den beiden Laboren des Gutshofs fortzuführen", vermute ich, „genauso gründlich. Haben denn die Brüder in beiden Laboren gemeinsam geforscht?"

Jonas kratzt sich am Kopf. „Das ist anzunehmen. Denn die Polizei hatte bei ihren ersten Untersuchungen die DNA-Spuren beider Brüder in beiden Laboren hier auf dem Gutshof sichergestellt."

„Dann hatten die beiden Brüder wohl keine Geheimnisse voreinander", schließe ich daraus. „Bertram hat also für seine pharmazeutische Fabrik privat und mit Robert in seinem Labor experimentiert. Das kann ich verstehen, er wollte eben auch ein bisschen mitmischen. Aber was hat Robert erforscht, in seinem Labor meine ich?"

„In dem gemeinsamen und auch an seinem eigenen Labor hier auf dem Gutshof hat er sehr viel mit und für seinen Bruder Bertram experimentiert. Aber er hat auch andere, eigene Laboraufträge entgegengenommen. Für die verschiedensten Ämter hatte er oft etwas zu überprüfen, auch für Privatfirmen."

„Das macht mich doch schon eher misstrauisch", finde ich. „Da könnte er doch leicht jemandem in die Quere gekommen sein und etwas entdeckt haben, was lieber nicht entdeckt werden soll. Wenn sich die Zwillingsbrüder sehr ähnlich sahen, ist es doch möglich, dass sie der Täter verwechselt hat?"

„Daran haben wir auch schon gedacht", gesteht Jonas. „Die

beiden Brüder sahen sich tatsächlich zum Verwechseln ähnlich. Ich glaube, nur seine Töchter und Tante Agathe haben die beiden auseinanderhalten können. Ein Fremder dagegen wusste sicherlich auch nicht, wer von den Brüdern in welchem Zimmer wohnte, daher ist eine Verwechslung nicht grundsätzlich auszuschließen."

Ich überlege kurz. „Die Idee ist mir eben auch spontan gekommen, aber wenn ich es mir jetzt genau überlege, dann denke ich, muss der Mörder doch gewusst haben, dass es Bertram und Robert gibt, die man erst einmal an verschiedenen Merkmalen auseinanderhalten muss, bevor man den töten kann, den man umbringen will."

„Das mag sein. Aber ich habe auch schon überlegt, ob man vielleicht beide aus dem Weg räumen will, und deswegen sehe ich mir die Labore auch besonders gründlich an. Und sollte es eine Verwechslung gewesen sein, so ist Robert nun immer noch in Gefahr. Ich habe schon einen Personenschutz beantragt, der sich in das Haus einschleusen soll. Er kann den übrig gebliebenen Zwilling beobachten und beschützen. Für Außenstehende wird er als Freund der Haushälterin dargestellt."

Ich verdrehe die Augen. „Ob die gute Miriam damit einverstanden ist?"

„Es soll schließlich eine plausible Erklärung sein. Denn es klingt wenig einleuchtend, wenn du hier auf deiner Arbeit von einem Freund begleitet wirst. Dafür gäbe es keine logische Erklärung. Ein solches Team käme hier vielleicht ab und zu einmal zu Befragungen, würde aber nicht im Gutshof übernachten."

„Naja, es ist alles ein bisschen zusammengebastelt, aber der Zweck heiligt die Mittel."

„Auf jeden Fall", findet Jonas. „Und jetzt habe ich genügend gute Luft eingeatmet, jetzt kann ich mich in die geheimnisvollen Labore wagen."

„Denk an dein Versprechen!" erinnere ich ihn.

Er nickt fröhlich. „Du wirst umgehend informiert."

Kapitel 7

Miriam sitzt in der Küche und putzt Gemüse zu. Ich entdecke einen großen Eimer mit ungeschälten Kartoffeln, der in ihrer Nähe steht und frage sie, ob sie Hilfe gebrauchen kann.

Sie lächelt. „Im Allgemeinen liebe ich diese gleichmäßigen Arbeiten, dabei kann man so schön entspannen und über alles nachdenken, was einem so im Kopf herumspukt. Aber du kannst mir Gesellschaft leisten, und wenn du auch zu den Menschen-Typen gehörst, die nicht stillsitzen können, dann nimm einfach ein Messer in die Hand!"

„Dann komme ich wenigstens hier weiter", tröste ich mich. „Bei mir gibt es noch zu viele unbekannte Faktoren."

„Welchen Eindruck hast du von den Töchtern des Hauses bekommen?" möchte Miriam wissen. „Konntest du sie von der Verdächtigen-Liste streichen?"

„Mein Gefühl sagt mir zwar, dass sie unschuldig sind, aber leider gehören sie zu den Personen, die am Tattag freien Zutritt zum Schlafzimmer ihres Vaters hatten. Es ist schade, dass du noch nicht lange genug hier bist, um mir etwas aus dem Familienalltag der früheren Zeiten erzählen zu können. Warum waren die Töchter eigentlich später nicht mehr so oft hier?"

„Junge Menschen wollen unter sich sein", weiß Miriam. „Und bei so einem geschäftstüchtigen, viel beschäftigten Vater kann man auch nicht erwarten, dass er ein offenes Ohr für die Probleme junger Frauen hat. Wie gesagt, wenn sie alle zusammen hier waren, ging es harmonisch, aber auch etwas steif zu."

„Ich werde mich mit den Töchtern noch eine Weile beschäftigen", teile ich ihr mit. „Diese etwas merkwürdige Kindheit will ich doch noch einmal näher unter die Lupe nehmen. Was sagst du zu unserem neuen Gast hier? Ist dieser Chemiker nicht nett?"

„Höflich und freundlich ist er schon, aber ich finde ihn etwas langweilig. Ich sehe ihn lieber aus der Entfernung. Vielleicht liegt das aber auch daran, dass er meinem Exfreund so ähnlichsieht."

„Das ist Pech", bedauere ich sie. „Zum Glück wird Jonas die meiste Zeit in den Laboren sein. Und für dich hoffe ich, dass der junge Mann, der mir für morgen avisiert wurde, keine Ähnlichkeit mit deinem Exfreund hat."

Miriam schmunzelt. „Das hoffe ich auch, denn sonst wird mir das Theaterspielen schwerfallen. Allerdings verstehe ich noch nicht, warum er hier inkognito auftreten muss. Ist die Polizei wirklich so davon überzeugt, unter den aktuellen Anwesenden den Täter zu finden?"

„Nein, überzeugt ist sie nicht, aber man kann es eben nicht ausschließen. Manchmal ist es nicht gut, wenn viele zu viel wissen. Es reicht eben, dass du und ich, dass wir beide eingeweiht sind. Schließlich kommen in den nächsten Tagen auch Bertrams Exfrauen, die keinen Verdacht schöpfen sollen."

Die junge Haushälterin stöhnt. „Ich hoffe, sie werden sich vertragen. Wir können froh sein, dass Bertram sie sehr gerecht abgefunden hat. Es wurde keine bevorzugt und keine benachteiligt. Und für ihre finanziellen Sonderwünsche hatte er immer ein offenes Ohr."

„Hast du einmal erlebt, dass eine seiner Exfrauen um finanzielle Unterstützung gebeten hat?"

„Ich war nicht dabei, aber vor einem halben Jahr hat mir Kathinka erzählt, dass ihre Mutter Lea Lust auf eine Kreuzfahrt hatte, weil sie sich ausgebrannt fühlte. Bertram hat ihr das Geld sofort gegeben."

Er scheint wirklich großzügig gewesen zu sein", antworte ich staunend. „Aber jetzt interessieren mich noch einige sehr private

Dinge. Wie sah das eigentlich mit dem Liebesleben der beiden Brüder aus?"

„In der letzten Zeit hatten die beiden nur noch ihre Forschungen im Kopf. Bertram sah wie der zerstreute Professor aus, der hat mich nicht mal angeschaut, wenn ich ihm den Kaffee serviert habe. Der Gärtner hat mir einmal verraten, dass sein Chef seit etwa zwanzig Jahren keine Freundin mehr gehabt hätte. All das ist lange vor meiner Zeit passiert Robert dagegen soll wohl zweimal etwas mit einer Haushälterin angefangen haben. Jost grinste dabei und sagte, Robert sei eben der praktischere der beiden Brüder: Wenn man die Liebe gleich im Haus habe, müsse man sie nicht auswärts suchen."

„Was ist eigentlich mit dem Gärtner? Wie stand er zu seinem Chef?"

„Die beiden haben sich fast nie gesehen, es lief alles wie von selbst. Jost hatte seine Aufgaben, die hat er schon seit Jahren, und so muss er niemanden fragen. Robert und Bertram war der Garten auch ziemlich egal, da durfte sich Jost austoben und machen, was er wollte. Hauptsache, er ließ nicht alles verwildern. Der Gärtner ist auch nebenbei noch Hausmeister, und auch da ist er ein Typ, der nicht groß fragt, sondern handelt, wenn er etwas sieht. Vielleicht haben sie sich mal ab und zu einen guten Tag gewünscht, wenn sie sich zufällig über den Weg liefen. Jost ist der Redseligste nicht. Er hat nie gesagt, was er von seinem Chef hält, und Robert und Bertram schienen zufrieden zu sein, weil sie nicht gemeckert haben."

„Haben sie bei dir gemeckert?" erkundige ich mich.

Miriam lacht. „Nein, ich bin diejenige, die immer gemeckert hat. „Wenn ich nicht dafür gesorgt hätte, dass Robert und Bertram etwas essen und trinken, hätten die das glattweg vergessen und wären verhungert und verdurstet."

Ich staune. „So wichtig war ihnen die Arbeit? Gerade jetzt, bevor Bertram ermordet wurde?"

„Nein, das war schon immer so. Seit ich hier bin. Und vorher war es auch so, das haben mir die Töchter versichert. Ich habe auch noch nie Menschen kennen gelernt, die ihre Arbeit so wichtig nehmen und sie über alles stellen. Sie scheinen wirkliche Idealisten zu sein, diese Zwillinge."

Ich sehe sie zweifelnd an. „Nun ja, ein bisschen Geld scheinen sie ja auch damit verdient zu haben, sonst könnte Bertram seine Exfrauen nicht so gut verwöhnt haben. Und seinen Kindern geht es ja finanziell auch nicht schlecht.

Wie ich sehe, ist ja auch alles vorhanden, und nicht jeder Mensch kann sich einen Gärtner, eine Haushälterin und einen so großen Hof halten. Apropos Hof, warum musste es ausgerechnet dieser Hof in diesem abgelegenen Winkel sein. Die beiden Labore hätte man auch in einem kleineren Gebäude unterbringen können."

„Den Hof haben die Brüder geerbt, und sie fühlten sich hier draußen sehr wohl, auch wenn sie die Natur kaum genossen haben. Die Landluft und die Stille haben ihn gefallen."

„Diese Menschen muss ich erst einmal verstehen lernen", nehme ich mir vor. „Im Moment habe ich dazu noch viele Fragen. Ich kenne fleißige Menschen und Workaholics, aber Robert und Bertram muss ich erst einmal einordnen, vielleicht liegen sie irgendwo dazwischen. Bist du dir sicher, dass sie nicht schon seit Jahren an irgendeinem ganz furchtbar wichtigen Projekt gearbeitet haben, das jetzt vollendet wurde oder kurz vor der Vollendung stand?"

„Davon ist uns nichts bekannt, und es wäre auch ziemlich unrentabel, so lange an irgendeiner einzigen Forschung zu arbeiten."

„Vielleicht haben sie dieses Projekt einfach nebenher laufen lassen, neben diesen anderen

Forschungen für die aktuelle Medizin."

„In der Firma ist davon nichts bekannt, das weiß ich von Robert, mit dem ich mich darüber schon unterhalten habe. Ich hatte nämlich auch zuerst solche Ideen. Aber er sagte, er habe auch in Bertrams Labor nachgeschaut und nichts Außergewöhnliches gefunden."

„Das heißt noch gar nichts", finde ich. „Wenn Bertram etwas vor seinem Bruder verheimlichen wollte, wird er sicher Verschlüsselungen gefunden haben. Ich bin mal gespannt, ob bei den Untersuchungen sämtlicher Laptops und Computer noch etwas mehr herauskommt. Bis jetzt hat man dort tatsächlich auch nichts gefunden, aber wer weiß, vielleicht hat Bertram auch alles gelöscht."

„Oder Robert kann alles gelöscht haben", überlegt Miriam. „Nicht wahr, ich bin eine gute Kriminologin?! Sicher wird ihn die Polizei jetzt auch beobachten, und wenn er in der nächsten Zeit eine neue Forschung oder ein neues Medikament herausbringt, dann wird ihn die Polizei unter die Lupe nehmen. Und dabei haben sich die Brüder immer so geliebt."

„Wie kommst du darauf? Woran hast du das erkannt?"

„Die beiden waren nicht nur höflich und freundlich, wenn sie miteinander gesprochen haben, sie haben sich auch gegenseitig immer etwas Gutes getan."

„Was war das zum Beispiel?"

„Robert wusste, dass Bertram gern Nusskuchen aß, und den hat er dann für seinen Bruder von Zeit zu Zeit bei mir bestellt. Bertram dagegen beauftragte mich ab und zu, für Robert Lakritz einzukaufen, und das legte er dann seinem Bruder auf den Schreibtisch. So gab es für mich eine Menge Zeichen, die mir sagten, dass sich die Brüder gern gegenseitig einen Gefallen taten. Oder eine Freude machten."

„War das immer so? Hat sich das in letzter Zeit verändert?"

„Nein, es ist immer gleichgeblieben. Gerade in letzter Zeit haben sich die Brüder mit verschiedenen Gesten immer wieder gezeigt, dass sie aneinander dachten."

„Waren sie eigentlich eineiige Zwillinge?" möchte ich wissen.

Miriam nickt. „Ja das waren sie tatsächlich, deswegen konnte man sie auch kaum voneinander unterscheiden. Robert hat zwei kleine Muttermale an der linken Hand, direkt am Handgelenk. Das hat mir Jasmin einmal verraten. Aber es konnte einem natürlich nicht sehr viel helfen. Schließlich kann man ja nicht einfach zu seinem Chef gehen und sagen: „Zeigen Sie mir mal bitte ihr linkes Handgelenk, ich weiß nicht, wer Sie sind." Ich habe dann einfach nur geraten oder sie mit ihrem Nachnamen angesprochen."

„Immerhin hat die Polizei anhand des Fingerabdrucks festgestellt, dass der ermordete Zwilling Bertram ist. Aber es bleibt dann trotzdem die Frage, wer von beiden getötet werden sollte. Das wird uns nur der Täter selbst sagen können."

„Ich bin schon gespannt, was du zu den Ex-Frauen sagst. Das sind schon merkwürdige Frauen-Typen. Auf jeden Fall clevere

Geschäftsfrauen, das wirst du ja selbst feststellen."

Ich seufze. „Mit den Kartoffeln werde ich schneller fertig sein, denn bis jetzt gibt es noch kein offensichtliches Mordmotiv."

Kapitel 8

Robert hat mich auf die Terrasse eingeladen und schenkt mir ein Glas Wein ein.

„Ab und zu haben wir uns eine solche Pause gegönnt, mein Bruder und ich", informiert er mich. „Im Winter saßen wir dann am Kamin, und im Sommer haben wir hier draußen die Abendluft genossen, die je nach Jahreszeit nach Blumenwiese oder Heu duftete. Agathe hat uns immer vorgeworfen, dass wir zu viel arbeiten und das Leben hier auf dem Gutshof gar nicht genießen. Sie hat Recht gehabt", fügt er seufzend hinzu.

„Warum habt ihr euch nicht mehr Freizeit genommen?" erkundige ich mich und sehe ihn aufmerksam an.

„Wir haben beide in unserer Kindheit gelernt, dass man es mit Arbeit zu etwas bringen kann. Und als wir gesehen haben, was wir alles schaffen können, da hat es uns gepackt. Das ist ja eine unheilbare Krankheit, und am Ende fühlt man sich nur gut, wenn man etwas schafft."

„Habt ihr sehr viele neue Medikamente herausbringen können?"

„Oh ja, wir haben immer wieder auch an Verbesserungen gearbeitet. Besonders im Bereich der Psychopharmaka konnten wir erhebliche Erfolge verbuchen. Und hier gibt es noch ein weites Feld, auf dem experimentiert werden muss."

Ich stelle mich naiv. „Habt ihr auch Mittel erfunden, die Menschen fröhlich machen?"

„Natürlich. Bertrams Firma stellt alle Sorten von Psychopharmaka her. Stimmungssaufheller genauso wie die unterschiedlichsten Sedativa. Sie sind schon seit langer Zeit besonders bei verschiedenen therapeutischen Behandlungen, auch begleitend, sehr hilfreich."

„Das hört sich für die meisten Menschen sehr mysteriös an", finde ich. „Ein Eingriff in die

Psyche? Das klingt ein bisschen wie zaubern."

„Die ganze Medizin ist eine Art Zauberei", antwortet er. „Oder was sagst du zu einer Herztransplantation? Ich finde, auch das ist ein sehr großer Eingriff, der neues Leben zaubert."

„Ja, das stimmt", gebe ich zu. „Arbeitet ihr auch in der Genforschung?"

„Natürlich, besonders in meinem Labor, und das hat Bertram immer sehr viel Freude gemacht. Wenn ich ein solches Forschungsprojekt begonnen habe, hat er mich stets gebeten, mitmachen zu dürfen."

„Und, hast du es ihm erlaubt?"

Robert nickt. „Wir haben uns gut ergänzt und uns gegenseitig die Ideen zugespielt. Ab und zu hat er etwas mit in sein Labor genommen und noch in der Nacht etwas weiter geforscht. Und wenn er am anderen Morgen ein Ergebnis hatte, freute er sich, es mir präsentieren zu können. Er hatte auch den Schlüssel zu meinem Labor, denn ich habe ihm voll vertraut."

„Hattest du auch den Schlüssel zu seinem Labor?" möchte ich wissen.

Er schüttelt den Kopf. „Nein. Da war er ein bisschen eigen wie ein Künstler. Unsere Mutter hat früher Bilder gemalt, aber wir durften ihr nicht dabei zuschauen. Sie hat uns ihre Werke stets erst dann gezeigt, wenn sie ganz fertig waren. Diese Eigenart hat er von ihr geerbt. Wenn er einmal von etwas besessen war, dann wollte er von keinem gestört oder abgelenkt werden. Er liebte keine halben Sachen."

„Ja, das habe ich verschiedentlich auch schon bei Menschen so erlebt. Ich nehme an, dass ihr nicht vollkommen gleich wart, trotz der Tatsache, dass es sich bei euch um eineiige Zwillinge gehandelt hat. Worin habt ihr euch unterschieden?"

„Schon als wir Kinder waren, genügte es uns, wenn einer den

anderen hatte. Wir brauchten keine Freunde zum Spielen. Wir waren schon damals das ideale Team. Wir waren uns sehr ähnlich. Aber Bertram war konsequenter und immer auf der Suche nach großen Zusammenhängen."

„Aber dann hat Bertram geheiratet und Kinder bekommen. Warum hast du es ihm nicht nachgemacht?"

„Ich war skeptisch. Ich wollte erst mal abwarten, ob es bei ihm klappt. Und als ich dann sah, dass er sich wieder von seiner Frau trennte, habe ich es erst gar nicht versucht. Ja, zwei Male in meinem Leben war ich sehr verliebt und hatte zwei Beziehungen mit dem

Haus-Personal, was eigentlich nicht erlaubt ist. Aber manchmal kann man eben nichts gegen seine Gefühle tun."

„Warum ist es schief gegangen?" möchte ich wissen.

„Bertram und ich, wir waren zu sehr aufeinander fixiert. Es war wie in unserer Kindheit: Auch als Erwachsene genügten wir uns beide, und da wir beide auch unser Hobby in unserer Arbeit fanden, fehlten uns die Frauen nicht."

„Aber Bertram hat es mehrere Male versucht, und offensichtlich wollte er auch Kinder. Wolltest du es ihm da nicht nachmachen?"

„Wir waren ja eine Familie. Wir haben in demselben Haus gewohnt, die Freizeit geteilt. Die Kinder waren nett zu mir und mochten mich. Es war ja fast so, als wären sie meine eigenen."

„Wen mochten die Kinder denn lieber? Dich oder ihren Vater?"

Er nippt an dem Wein. „Sie mochten mich wie einen Onkel. Aber er ist ihr Vater, das ist auch noch eine ganz andere Bindung", behauptet er.

„Er soll aber sehr streng gewesen sein", erinnere ich ihn. „Kann man zu einem sehr strengen Vater eine sehr enge Bindung aufbauen?"

Er atmet tief. „Das kann manchmal eine noch tiefere Bindung verursachen."

Ich sehe ihn herausfordernd an. „Ja schon, tiefer vielleicht. Aber ob sie deswegen auch besser ist, das steht auf einem anderen Blatt. Wenn ein Kind immer um die Liebe des Vaters kämpfen, etwas dafür tun muss, ist die Beziehung nicht konfliktfrei."

Er sieht mich herausfordernd an. „Manchmal spüren Eltern und Kinder die Verwandtschaft in den Genen, das gibt eine besonders intensive Bindung, und es hängt nicht davon ab, ob sich diese beiden Menschen aus den verschiedenen Generationen auch verstehen. Man belächelt sie oft, die Blutsbande, aber die Ähnlichkeit in den Genen schafft erstaunliche, gute und schlechte Beziehungen."

„Das hast du alles in den Genen erforscht?" frage ich erstaunt.

„Ja, so nebenbei. Bertram hat sich noch mehr dafür interessiert, und das ist ja auch leicht nachvollziehbar. Schließlich hat er drei Töchter gehabt und wollte schauen, welche Ähnlichkeiten sie mit ihm hatten."

„Nur mit ihm? Oder hat er auch die Ähnlichkeiten zu den Müttern begutachtet und erforscht?"

„Die Beziehung zu den Müttern hat ihn weniger interessiert, er wollte ganz allein für die Kinder verantwortlich sein", verrät er mir.

„Das klingt überspitzt", finde ich. „Hat er sich absichtlich stets nach einem Jahr von seinen Frauen getrennt, um die Kinder allein und nach seinen Maßstäben erziehen zu können?"

„Ja, das hat er wohl, denn er glaubte, ein Erziehungsexperte zu sein."

„War er so klug oder hat er vielleicht Pädagogik studiert?" hake ich nach.

„Früher hat man auch nicht Pädagogik studiert und konnte

Kinder erziehen", weicht er aus. „So wie in seinem pharmazeutischen Bereich hat er auch bei seinen Kindern gern die Verantwortung übernommen."

„Das ist ein bisschen mysteriös", finde ich. „Das, was ich bis jetzt über ihn gehört habe, macht seine Erziehung ziemlich fragwürdig. Ja, die Haushälterinnen und Au-Pair-Mädchen, die haben den Kindern alle Zuwendung, und vielleicht sogar ein bisschen Ersatz für die Mutterliebe gegeben, aber er selbst war nicht der Kuschelvater, den mutterlose Töchter gebraucht hätten. Oder irre ich mich da?"

„Er war tatsächlich kein Kuschelvater", gibt er zu.

„Offensichtlich vertrat er die Ansicht, dass sich die Eltern die Erziehungsaufgaben etwas teilen müssen. Er wollte stets den Kindern ein gutes Vorbild sein und ihnen Regeln zum Festhalten geben."

Ich seufze. „Das gefällt mir nicht. Je mehr ich über ihn höre, desto mehr stelle ich fest, dass die Erziehung seiner Töchter für ihn ein Experiment gewesen sein muss. Es war alles so festgelegt und durchdacht, ganz nach seinen eigenen Mustern."

„So habe ich am Anfang auch gedacht", teilt er mir mit. „Aber bedenke dabei, dass das Leben selbst hier auf dieser Erde seine

Regeln bereithält. Es gibt Tag und Nacht, Sommer und Winter, ja selbst die Gestirne gehen in geregelten Bahnen. Auch für den Körper ist es gut, wenn man zum Beispiel beim Essen gewisse Regeln einhält. So wird sich wohl mein Bruder auch überlegt haben, welche Erziehung für seine Kinder die beste ist, davon bin ich ganz überzeugt. Ohne gewisse Regeln geht es eben nicht."

Ich atme tief. „Ich glaube, jetzt reden wir aneinander vorbei. Natürlich brauchen die meisten Menschen ihre Regeln, aber es gibt auch individuell Menschen, die man in kein Klischee pressen kann, und ich bin dafür, dass jeder Mensch ganz individuell erzogen werden sollte, weil er auch individuelle Veranlagungen hat. Allerdings muss ich dazu die Töchter noch ein bisschen mehr befragen, um mehr darüber sagen zu können. Ich steige da noch nicht ganz durch. Eines wird mir jedoch klar: dass Bertram mehr nach seinem Kopf als nach seinen Emotionen gegangen ist. Kommen wir da noch einmal auf seine Exfrauen zurück. Er hat jede nach einem Jahr abserviert, das ist doch kein Zufall. Waren denn seine Gefühle nach diesem einen Jahr zu diesen Partnerinnen schon abgestorben? Oder hatte er nie Gefühle zu diesen Frauen gehabt? Hast du dich damals nicht darüber gewundert?"

„Wir haben uns selten gegenseitig gefragt, welche Motive wir für unser Handeln haben. Natürlich habe ich ihn gefragt, ob er diese Frauen auch liebt, die er da heiratet."

„Und was hat er dir geantwortet?"

„Er hat mir gesagt, dass ihm alle seine Ehefrauen sehr gut gefallen haben, und er habe ganz entscheidende Gefühle für sie gehabt, so große Gefühle, dass er den Wunsch gehabt habe, diese Frauen auch zu heiraten und sich von ihnen ein Kind zu wünschen."

„Aber wenn die Gefühle nach einem Jahr immer schon zu Ende waren, können sie doch nicht so groß gewesen sein", entgegne ich.

Er hebt die Augenbrauen und sieht mich ernst an. „Ich denke, in jeder Partnerschaft lassen bestimmte Gefühle nach. Wenn man Glück hat, verändern sie sich zu einem anderen, ebenfalls sehr schönen Gefühl, mit dem man weiter zusammenleben kann. Aber die große Verliebtheit mit dem Rausch der Gefühle, die scheint doch nach einiger Zeit im Alltag bei den meisten Paaren wieder nachzulassen. Dieses Herzklopfen, dieses Zittern und Beben, die Erhöhung des Adrenalinspiegels, besteht das alles noch in einer langjährigen Partnerschaft?"

Ich stöhne. „Manche Paare retten sich dieses Verliebtheitsgefühl ein ganzes Leben lang, aber ich gebe zu, es sind die wenigsten. Trotzdem gibt es die Möglichkeit, eine andere Form der dauerhaften Liebe zu entwickeln, so dass es für eine langjährige Partnerschaft ausreicht."

Er lacht. „Ich spüre schon, dass du selbst um den heißen Brei herumredest. Tatsächlich schaffen es nur sehr wenige Paare, besonders schöne, lohnenswerte Gefühle zu entwickeln, nachdem der erste Rausch vorbei ist. Man bleibt in den meisten Fällen beieinander, weil es so schön bequem ist und weil man weiß, was man von dem Partner zu erwarten hat, sei es nun Gutes oder Schlechtes. Der Partner ist inzwischen vertraut geworden, er passt in den Alltag, weil er berechenbar ist. Liege ich damit so falsch?"

„Im Allgemeinen gibt es generell mehr Alltag als Sonntag, das scheint sich so durch viele Bereiche hindurchzuziehen. Die Festlichkeiten und der Liebesrausch sind nicht dazu gedacht, immer weiter anzudauern. Mit so viel Glück könnte der Mensch wahrscheinlich gar nicht umgehen. Aber wenn wir noch einmal zu deinem Bruder zurückkehren, dann stelle ich doch fest, dass er gar nicht erst versucht hat, die Partnerschaften auf irgendeine angenehme Weise weiterzuentwickeln. Seinen Rausch, den hat er doch auch bei der Arbeit, bei seinen Entdeckungen gefunden. Also, warum konnte er seinen Frauen keine Chance geben? Er hätte wenigstens versuchen müssen, ein Familienleben aufzubauen. War er vielleicht gar nicht fähig für eine Partnerschaft?"

Robert lächelt. „Er und ich, wir waren auch Partner, und da hat er sich kompromissbereit gezeigt. Er hat mir nie etwas aufgezwungen, mich immer nach meiner Meinung gefragt und auf mich Rücksicht genommen. Er war also partnerschaftsfähig."

„Hatte er etwas gegen Frauen?"

„Aber nein. Hätte er sonst dreimal geheiratet und drei Kinder dieser Damen großgezogen?!"

„Ich kann ihn leider nicht mehr fragen", stelle ich bedauernd fest. „Vielleicht wäre ich gar nicht stutzig geworden, wenn sich die ganze Sache nur einmal wiederholt hätte. Aber drei Frauen nach einem Jahr, genau nach der Geburt eines Kindes abzuservieren, das hört sich für mich schon merkwürdig an. Da kann man schon eine gewisse Absicht seinerseits vermuten."

„Seine Absicht ist doch offensichtlich", behauptet er. „Er wollte Kinder der Liebe zeugen und dann auch dafür sorgen, dass sie auf eine anständige Art und Weise erwachsen werden. Ist das nicht nachvollziehbar?"

Ich schüttle den Kopf. „Davon kannst du mich nicht überzeugen. Es klingt alles, wie nach Schema F geplant. Und da zweifele ich an spontanen und echten Herzensgefühlen, jedenfalls wenn es um seine Ehen geht."

„Seine Exfrauen werden dir bestimmt mehr darüber erzählen können", glaubt er.

Ich seufze. „Ich habe das Gefühl, dass du deinen Bruder mächtig in Schutz nimmst. Aber im Grunde genommen sollte ich mich darüber auch gar nicht wundern, ihr seid schließlich nicht nur eineiige

Zwillinge, sondern hattet euch entschlossen, den Alltag und wahrscheinlich auch einige Teile der Freizeit miteinander zu verbringen. Ist es vielleicht möglich, dass eure Verbindung zu eng war, sodass sich die Frauen einfach überflüssig vorkamen?"

„Das kann ich dir nicht beantworten", antwortet er ruhig. „Als ich mit Lisa, einer der Haushälterinnen zusammen war, habe ich mehrere Stunden nach der Arbeit nur mit ihr verbracht. Und auch Bertram hat mit seinen Frauen nach getaner Tagesarbeit ein gewisses Familienleben geführt. Aber ich glaube, darauf willst du gar nicht hinaus. Ich nehme an, du meinst, dass wir zu innig miteinander verbunden waren, Bertram und ich, oder?"

„Ja, das habe ich so in etwa gemeint. Vielleicht standest du bei ihm in den Gefühlen an erster Stelle? Vielleicht gehörte dir ein großer Teil seines Herzens."

„Natürlich haben wir über solche Dinge nicht gesprochen", redet er sich heraus. „Wir hatten schließlich keine Liebesbeziehung, und er hat mir nie gesagt, was er für mich empfindet. Er war nur immer sehr nett und freundlich zu mir, und ich habe immer gedacht, dass es daran lag, weil wir uns so ähnlich sind."

„Wie meinst du das?"

Er verzieht das Gesicht. „Ich denke, er hatte ein gutes Selbstbewusstsein. Er fand sich gut und stand zu dem, was er tat. Er glaubte, dass er alles richtig machte, und er konnte sein Handeln stets rechtfertigen. Wir beide hatten immer die gleichen Ideen und Ansichten, und wir taten ähnliche Arbeiten und hatten ähnliche Vorlieben. Wenn man sich selbst liebt, ist es leicht jemanden zu lieben, der so ist wie man selbst. Es sei denn, man ist für den anderen eine Konkurrenz, aber so etwas hat bei uns nie stattgefunden. Das lag daran, weil wir ein so gutes Team waren, und wir uns die Ideen wie Bälle gegenseitig zuspielen konnten. Da haben wir uns wiederum sehr gut ergänzt."

„Immerhin sieht es für mich so aus wie eine ideale Partnerschaft. Man hat ähnliche Vorlieben und man kann sich in anderen Dingen wiederum ergänzen. Waren die Frauen nicht eifersüchtig auf euch?"

„Nein, da hat es keinerlei Szenen gegeben. Aber, wie gesagt, darüber kannst du mit ihnen morgen selbst sprechen. Und jetzt habe ich auch noch etwas zu tun, daher musst du mich wieder einmal entschuldigen! Es tut mir leid, aber wir müssen unsere Unterhaltung zu einem späteren

Zeitpunkt fortsetzen. Vielleicht morgen Abend?"

„Dafür wäre ich dir sehr dankbar, denn möglicherweise habe ich bis dahin schon wieder einige neue Erkenntnisse gewonnen. Sollte ich mich auf die drei Frauen in irgendeiner Weise vorbereiten? Gibt es etwas Besonderes, das ich beachten muss?"

Robert lacht. „Ich denke einmal, dir sind schon genug Frauen begegnet, und für diesen Fall muss ich dir keine Ratschläge geben. Außerdem wünsche dir für morgen viel Erfolg!"

Er verabschiedet sich rasch und begibt sich ins Haus.

Nachdenklich bleibe ich noch eine Weile auf der Terrasse sitzen. Während mir die Gedanken im Kopf herumspringen, habe ich das Gefühl, kein bisschen weiter gekommen zu sein. Drehe ich mich vielleicht sogar im Kreis? Irgendwo muss es doch den Schlüssel zu einer besonderen Tür geben, die ich öffnen kann.

Kapitel 9

Am nächsten Morgen bin ich früh wach, vermutlich hat mich die Aussicht auf ein Treffen mit den drei Ex Frauen in eine gewisse Erregung versetzt.

Beim Morgenspaziergang durch den Garten treffe ich Jonas, der offensichtlich ebenfalls die frühe Morgensonne nutzt.

„Hast du schon wichtige Einzelheiten erfahren?" fragt er mich nach der kurzen, freundlichen Begrüßung.

„Ich habe erst ein vages Bild von Bertram", gestehe ich ihm. „Einige Rätsel gibt mir sein Erziehungsverhalten auf. Aber ich hoffe, dass mir seine abgeschobenen Partnerinnen heute mehr Klarheit über sein Leben und seinen Charakter verschaffen können."

Er sieht mich triumphierend an. „Du hast vielleicht noch keine Spuren entdeckt. Aber da ich auf deine Verschwiegenheit hoffe, und denke, dass wir uns gegenseitig bei den Ermittlungen helfen können, verrate ich dir die neuesten Entdeckungen."

Meine Augen leuchten. „Das ist fantastisch. Das heißt ja, dass du weitergekommen bist."

„Tatsächlich, aber auch nur dadurch, dass ich nicht aufgegeben habe. In den beiden

Laboren habe ich nur die Chemikalien-Reste der bereits bekannten Medikamente gefunden. Wie erwartet war nichts Außergewöhnliches dabei. Es war alles frisch gereinigt, der Boden die Regale, alle Gefäße. Irgendjemand muss kurz vor oder nach Bertrams Tod da ordentlich sauber gemacht haben."

Ich überlege. „Das kann natürlich Zufall sein, aber wenn es kein Zufall war, dann muss jemand Zugang zu den Laboren gehabt haben, und, was ebenso wichtig ist, er muss die Zeit zum Reinigen gehabt haben. Damit bin ich geneigt, eine fremde Person auszuschließen und die

Hausbewohner und Verwandten weiter ins Visier zu nehmen."

„Genau zu diesem Ergebnis bin ich auch gekommen", fährt Jonas fort. „Diese penible Reinigung ist auffallend, aber ich habe die Fenster geöffnet und außen am Fensterrahmen von Bertrams Labor eine unglaubliche Entdeckung gemacht."

„Jetzt bin ich neugierig", gestehe ich ihm.

„Ich habe lediglich dort winzige Spuren von neuen Medikamenten gefunden, die sich ansonsten weder in der Firma noch in den beiden Laboren befinden."

„Vielleicht hat sich Bertram Medikamente von anderen Firmen besorgt, um sie zu untersuchen, ein bisschen zu forschen und zu testen", rätsele ich.

„Ich habe schon alles in den Computer eingegeben und mit den Hauptcomputern verglichen. Es gibt noch keine Medikamente, in denen man diese Inhaltsstoffe finden kann", entgegnet er.

„Was ist denn da so besonders an diesen Stoffen?" frage ich nach.

„Es sind verschiedene Stoffe gewesen, die ganz unterschiedliche Wirkungen haben. Die einen Partikel gehören offenbar zu einem neuen Psychopharma-Produkt, mit dem man Stimmungen erzeugen kann, auch besonders depressive. Mit dem zweiten Stoff kann man Menschen wie beim Alkohol die Hemmungen nehmen. Und der dritte Stoff ist sensationell wirksam, mit ihm kann man Gen-Veränderungen medikamentös vornehmen."

Ich sehe ihn ungläubig an. „Du sprichst von Genmanipulation? Soll das heißen, dass Bertram mit einem solchen Medikament den die Veranlagungen, Charakter oder den Körper eines Menschen verändern konnte?"

„Genauso ist es. Ich sehe, du bist verwundert. Aber das musst du nicht. Unter einem dauerhaften

Alkoholeinfluss verändert sich nicht nur die Leber eines Menschen, es wird nicht nur das Herz angegriffen, ja auch davon ändert sich nach einer gewissen Zeit der Charakter eines Menschen. Das Wesen eines Menschen verändert sich zuweilen auch erheblich, genauso wie es von dauerhaften Schmerzen beeinflusst werden kann. Da hat nun der gute Bertram einen Stoff besessen, der etwas rascher wirkt. Je nach Dosierung reicht schon eine minimale Gabe, um Veränderungen zu verursachen."

„Und wie darf ich mir das nun in der Realität vorstellen? Konnte Bertram beispielsweise damit Menschen dazu veranlassen, freundlicher oder unfreundlicher gehemmter oder hemmungsloser zu handeln?"

„Dazu braucht es eine Zweistufenbehandlung. Mit dem einem Produkt konnte er ein Gen vorbereiten. Eine exakte Zielrichtung, die hätte er dann mit dem Zusatz- Medikament bewirkt, das gemeinsam mit dem Mutations-Stoff verabreicht werden kann. Ich denke aber, so weit ist es nicht gekommen. Sicherlich waren das alles nur Tests und Versuche im Reagenzglas. Denn in den Laboren habe ich nichts dergleichen gefunden. Nicht ein Milligramm verdächtiger Substanzen. Vermutlich hat Bertram lediglich einen Test durchgeführt, ein bisschen experimentiert und dann aus Sorge vor den möglichen Folgen die Versuche abgebrochen und alle Spuren vernichtet. Nach der Säuberung der Labore ist das anzunehmen. Und die Reste außen an den Fensterrahmen hat vermutlich der Wind dorthin getragen. Das kann beim Lüften des Zimmers passiert sein oder durch ein Insekt, eine Fliege vielleicht."

„Das wäre eine Möglichkeit", überlege ich. „Aber wenn er doch bereits ein paar Pröbchen hergestellt hatte, und ihm jemand diese entwendet hat, um mit dieser Entdeckung reich zu werden? Kann es nicht auch so gewesen sein? Immerhin sagtest du selbst, es ist eine sensationelle Erfindung."

„Es kann nicht jeder etwas damit anfangen, dazu ist diese Erfindung zu speziell. Und der Dieb müsste dann jemand sein, der auch wiederum eine Verbindung zu Käufern hat."

„Eine Verbindung zur Unterwelt genügt", finde ich. „Dort findet man Abnehmer für alles. Könnte es vielleicht auch Robert gewesen sein, der sich für die Forschung seines Bruders interessiert und sie jetzt heimlich weiterverkauft hat? Er hätte Zeit genug gehabt, hinterher, nach all seinen Aktionen alles wieder sauber zu machen.

Kein Mensch schöpft Verdacht, wenn ein Chemiker sein Labor reinigt. Und schließlich behauptet er, immer in alles eingeweiht worden zu sein, was sein Bruder gemacht hat."

„Ein Rezept stehlen, eine Formel entwenden, das kann natürlich jeder gewesen sein. Wie du schon sagst, einen Zugang zur Unterwelt kann man finden, wenn man ihn sucht. Selbst der verschlossene Jost, der Gärtner könnte auf ein schönes Taschengeld spekulieren. Die drei Töchter dürfen wir auch nicht vergessen, denn Geld kann jeder Mensch gebrauchen. Die stille Miriam ist bestimmt auch nicht abgeneigt, an Geld zu gelangen, und auch die drei

Exfrauen haben sich mittlerweile an einen exzellenten Lebensstandard gewöhnt. Da darf es dann doch gern auch ein bisschen mehr sein. Es ist eine altbekannte Eigenschaft des Menschen, nie genug zu haben, immer mehr zu wollen."

Ich seufze. „Ja, der Mensch sollte Ziele haben, das hält ihn am Leben. Aber jemanden für Geld zu ermorden, das schafft nicht jeder. Es sei denn, er hat vorher das Medikament eingenommen, dass ihm die Hemmungen nimmt."

„Wir müssen sehr genau hinschauen", überlegt Jonas. „Wie gut, dass uns heute noch Roberts Bodyguard zu Hilfe kommt. Wir könnten noch ein paar Augen mehr gebrauchen."

Ich atme tief. „Dann fange ich lieber gleich damit an, die Anwesenden näher unter die Lupe zu nehmen. Und ich brauche jetzt dringend vorher noch einen heißen Tee."

„Dagegen brauche ich einen starken Kaffee", verrät er mir. „Sicher sehen wir uns gleich in der Küche."

Kapitel 10

Die rothaarige Undine ist Dalidas Mutter und ohne Umschweife sofort bereit, mir Rede und Antwort zu stehen.

Sie begrüßt mich mit einem festen Händedruck und setzt sich dann neben mich auf das Sofa. „Es ist in unser aller Interesse, wenn wir alles sagen, was wir wissen", versichert sie mir. „Die Tat muss möglichst schnell aufgeklärt werden, damit diese schlimme Angelegenheit zu einem Ende finden kann. Hallo Hannah! Ich freue mich, dich kennenzulernen."

Ich denke an das Gespräch mit ihrer Tochter und erinnere mich daran, dass die junge Frau behauptet hat, ihr Vater sei ein herzloses Ungeheuer. Ob ihre Mutter auch so denkt?

„Das ist sehr klug", finde ich, und bemerke erleichtert, dass sich alle Drei auf ein ungezwungenes Du geeinigt haben. Auf diese Art und Weise lassen sich die Gespräche persönlicher gestalten. „Ich zähle auch auf deine guten Informationen, Undine. Was kannst du über Bertram sagen?"

„Er war durch und durch ein Geschäftsmann, und das hat mir von Anfang an imponiert. Bei ihm wusste man immer, woran man war."

„Hast du das gleich von Anfang an festgestellt?" frage ich verwundert. „Ohne Honeymoon?"

Die elegante Frau mit dem purpurroten Haar sieht mich leicht spöttisch an. „Er war nicht mein erster Partner. So konnte ich gut Vergleiche anstellen und feststellen, dass er ein seriöser Geschäftsmann ist."

„Was fandest du an ihm denn besonders angenehm?" möchte ich wissen.

„Er war immer höflich und freundlich, und trotzdem bemerkte man ganz genau, wo er seine Grenzen setzte. Ich habe schon so alles an schlimmen Männern kennengelernt, was es überhaupt gibt. Ich bin schon ausgenutzt, geschlagen und beinah getötet worden. Es waren ziemlich brutale Typen voller Aggressionen. Da kannst du dir sicher vorstellen, dass mir Bertram dagegen wie ein Engel vorkam."

„Oh, das tut mir leid", sage ich erschrocken. „Von einigen Personen habe ich auch schon erfahren, dass Bertram zwar distanziert, aber immer aggressionslos gehandelt haben soll. Das kannst du also bestätigen?"

„Er war immer diszipliniert, und er wusste genau, was er tat. Von Anfang an wusste ich genau, worauf ich mich einließ."

Ich sehe sie erwartungsvoll an. „Wie habt ihr euch kennengelernt? Durch das Internet?"

Sie schüttelt den Kopf. „Nein, wir haben uns auf dem Golfplatz kennengelernt. Ich hatte von einer Freundin eine Karte bekommen und fand ihn als Golfpartner. Er hat miserabel gespielt, und ich habe ihn gefragt, ob er sich vielleicht mit dem Platz vertan hat."

„Was hat er darauf geantwortet?"

„Er meinte, das sei sein erstes Mal, aber er befürchte, auch sein letztes Mal. Er müsse doch wohl besser beim nächsten Mal zum Minigolf gehen. Ich habe gelacht, und das Eis war gebrochen."

„Seltsam, das passt so gar nicht zu ihm", bemerke ich.

Sie schmunzelt. „Nicht wahr, das habe ich mir auch gedacht. Später hat er mir verraten, dass er mich in einem Supermarkt entdeckt hat, als ich einkaufte. Und er hat genau zugeschaut, was ich kaufe und wie ich kaufe, das war offensichtlich wichtig für ihn. Dann hat er mich verfolgt und mitbekommen, dass ich mich mit einer Freundin treffe. Diese Freundin hat er hinterher angesprochen, ihr gesagt, dass er sich beim Einkauf in mich verliebt habe, und hat ihr die Karte für den Golfplatz zugesteckt, damit er mich dort ansprechen kann. Meine Freundin fand, dass er seriös aussehe, und so hat sie sich von ihm überreden lassen, mich ein wenig zu beschwindeln."

Ich sehe sie skeptisch an. „Er hat also behauptet, dass er sich in dich verliebt hat, während du den Einkaufswagen füllst?"

Undine lacht. „Nein, nicht ganz so. Er hat behauptet, sich in mich verliebt zu haben, weil ich mich immer nach den Sonderangeboten gebückt und jedes Teil dreimal in die Hand genommen habe, bevor ich es in den Wagen legte. Meine Sparsamkeit hat ihm gefallen, so sagte er es mir jedenfalls damals, allerdings etwas später."

„Hast du's ihm denn geglaubt?"

„Ich habe nicht mehr weiter darüber nachgedacht. Als ich erkannte, welchen Goldfisch ich da an der Leine hielt, war mir alles andere egal. Er hat mich sehr verwöhnt, er hat mir alles gekauft, was ich mir wünschte. Mit einem Mal war ich alle meine Sorgen los."

„Warum hast du ihn geheiratet?" möchte ich wissen.

„Er hat mir die materielle Sicherheit geboten, die mir bis dahin fehlte, und er gab mir das Gefühl, etwas wert zu sein. Seine Geschenke sagten mir, dass ich ihm viel bedeute."

„Und die Liebe?"

„Der Mensch ist in der Lage, allerlei verliebte Gefühle zu entwickeln, dazu braucht es nicht viel. Dazu genügen schon ein paar schöne Hände oder eine angenehme Stimme, die ein Auslöser sein können. Damit kann man sämtliche Hormone schon auf Trab bringen. Aber genau genommen war ich einfach froh, weil ich wusste, was ich an ihm habe."

„War der Heiratsantrag denn romantisch?" möchte ich wissen.

„Er hat mir einen riesigen Blumenstrauß gekauft und einen Brillantring vor die Nase gehalten. Kann man da widerstehen?"

„Da können vermutlich viele nicht Nein sagen", gebe ich zu. „Und wann hat er dich gefragt, ob du Kinder möchtest?"

„Vor der Hochzeit natürlich, so etwas sollte man schon vorher klären. Er meinte, er sei ja nicht mehr so jung, aber er habe sich immer eine große Familie gewünscht. Allerdings sei er auch mit einem Kind zufrieden, wenn ich mir nicht mehr wünsche."

„Hat er irgendwelche Bedingungen an die Heirat geknüpft?"

„Er hat gesagt, er möchte gern, dass wir ein Jahr lang beide unabhängig voneinander prüfen, ob wir wirklich zusammenpassen. Und nach diesem einen Jahr könne sich jeder ohne große Rechtfertigungen wieder scheiden lassen. Er gab mir jedoch ein Schriftstück, auf dem er beurkundete, dass er mich mit einer großen Geldsumme abfinden würde, falls er die Scheidung wünschen werde."

Ich nehme ein Schluck Wasser. „Das nenne ich eine klare Ansage. Hast du denn dann von Anfang an gewusst, dass er sich trennen wird?"

„Nein, denn unsere Partnerschaft verlief sehr positiv. Wir haben uns gegenseitig respektiert und uns unsere Freiheiten gelassen. Wir haben uns nie gestritten, und er war in der Schwangerschaft mehr als nur besorgt um mich."

Ich seufze. „Ein eigenartiger Mensch, noch werde ich nicht schlau aus ihm."

Undine lacht erneut. „Du denkst zu kompliziert. Er war ganz einfach, und ist leicht zu verstehen. Er gehörte zu den Menschen, die eine praktische Seite haben. Das brauchte er wohl so, damit er sich genügend Zeit für seine großen Forschungen nehmen konnte. Wenn er an einem speziellen Projekt forschte, kaufte er mir Eintrittskarten für eine Modenschau oder schickte mich mal schnell für drei Tage nach Mailand zum Einkaufen."

„Aber du warst doch ziemlich schnell schwanger geworden", erinnere ich sie. „Hattest du da keine Beschwerden?"

„Nein, er kannte viele gute Vitaminpräparate, die mir die Schwangerschaft erleichterten. Er hat mich zu guten Ärzten geschickt, und für den Haushalt gab es schon damals genügend Personal, mehr noch als es jetzt gibt."

„Verrätst du mir auch, ob er ein guter Liebhaber war?"

Sie hebt die Augenbrauen. „Nein, das war er tatsächlich nicht. Aber ehrlich gesagt, war mir das auch nicht wichtig. Nach so vielen schlimmen Erlebnissen meines vergangenen Lebens war ich froh, einfach ein ruhiges Zuhause und ein gesichertes Einkommen zu haben. Ich war dann schon zufrieden, wenn Bertram im Labor arbeitete."

„Wolltest du dich nach diesem einen Jahr scheiden lassen?"

„Ich hätte es auch noch eine Weile weiter mit ihm ausgehalten. Aber mit der großen Abfindung konnte ich auch zufrieden sein. Tatsächlich hatte ich noch vor unserer Scheidung einen netten Geschäftsmann kennengelernt, mit dem ich später noch eine ganze Weile zusammen war."

„Hast du jetzt einen Partner?" erkundige ich mich.

„Ich habe einen Freund, aber wir leben nicht zusammen. Wir treffen uns zu Unternehmungen, fahren gemeinsam in Urlaub und verbringen viele nette Abende miteinander."

„Wie kamst du denn damit klar, dass er schon einmal verheiratet gewesen ist, und wie bist du mit seiner ersten Tochter, mit Kathinka zurechtgekommen?"

„Ich hatte ja auch schon verschiedene Partner gehabt. Da war es mir klar, dass er auch schon ein Leben vor mir gehabt hat. Ich fand das auch ganz gut, denn so ein Mann, der gar keine Erfahrung mit Frauen hat, kann sehr kompliziert sein. Kathinka habe ich nur bei den gemeinsamen Mahlzeiten gesehen. Ansonsten hatte jedes Kind seine eigene Kinderfrau. Das waren ganz besonders gut ausgesuchte Nannys, die konnten sich mit den kleinen Kindern ausgezeichnet beschäftigen. So viel Geduld hätte ich nicht gehabt. Und ich war froh, dass ich mich nicht den ganzen Tag um einen kleinen Schreihals kümmern musste."

„Und später? Hat es dir leidgetan, deine Tochter bei Bertram gelassen zu haben?"

„Ich wusste meine Tochter bei ihm gut aufgehoben, und ich konnte sie ja besuchen, so oft ich wollte. Ich bin ein praktischer Mensch, ich habe schnell eingesehen, dass es für Dalida sehr gut war, bei ihrem Vater aufzuwachsen."

„Wie ist denn heute dein Verhältnis zu deiner Tochter?"

„Wir sind wie Freundinnen, und können uns gut unterhalten, wenn wir uns mal sehen. Aber wir haben keine intensive innere Bindung. Dazu sind wir einfach zu verschieden. Sie ist zwar auch eine gute Geschäftsfrau, aber sie geht mit dem Kopf durch die Wand. Das hat sie bestimmt von ihrem Vater, der wusste auch immer genau, was er wollte."

„Bereust du es, dass du Bertram die Erziehung deiner Tochter überlassen hast?"

„Oh nein! Ich bin froh, dass ich seinen Vorschlag angenommen habe. Er hat mich ja nicht dazu gezwungen, ich konnte es selbst entscheiden. Aber ich finde, Dalida ist fürs Leben gut gerüstet. Sie ist frech und weiß sich zu wehren, wenn es darauf ankommt. Sie weiß, was sie will, und setzt es auch durch. Genau das ist in der heutigen Zeit wichtig. Nur so kommt man unbeschadet durchs Leben."

„Und wie bist du in letzter Zeit mit ihm klargekommen?"

Undine schmunzelt und schüttelt ihre roten locken. „Wenn du denkst, da gäbe es irgendetwas, das mir nicht gepasst hätte, dann muss ich dich enttäuschen. Wir hatten nicht viel miteinander zu tun. Aber wenn es irgendetwas zu besprechen gab, und da ging es meist um irgendeine Geldanlage, war er immer bereit, mich mit Rat und Tat zu unterstützen. So gesehen haben wir uns eigentlich immer gut verstanden. Ich glaube, wir sind uns sehr ähnlich gewesen. Wir sind beide Menschen, die ein durchorganisiertes Leben mögen."

„Warst du nicht sauer, dass deine Tochter in fremden Frauen einen Mutterersatz sah und mit ihnen wahrscheinlich gekuschelt hat?"

Jetzt lacht sie laut auf. „Dafür waren diese Frauen ja engagiert. Ich finde es nicht sehr produktiv, wenn man mit einem Baby auf dem Arm herumläuft und kaum verständliche Silben singt. Bertram hatte immer gutes Personal engagiert. Die Kinder waren bestens aufgehoben."

Damit habe ich fürs erste keine weiteren Fragen mehr an Dalidas Mutter. Ich bedanke mich bei ihr und nehme mir vor, Jasmins Mutter Carla aufzusuchen.

Kapitel 11

Carla, eine große schlanke Frau mit einem freundlichen, ovalen Gesicht und einem geschickt geflochtenen Knoten aus braunem, glänzendem Haar sitzt im Morgenrock auf dem Bett des Gästezimmers und sieht mich müde an. „Es tut mir so leid, dass ich dich jetzt hier in diesem Aufzug empfange, aber ich habe bis gerade mit Kopfschmerzen im Bett gelegen und noch keine Kraft gefunden, mich zurecht zu machen."

„Das macht gar nichts", tröste ich sie. „Aber wenn es jetzt nicht gut geht, kann ich später noch einmal wiederkommen."

„Nein, nein", wehrt sie rasch ab. „Ich habe eine Tablette genommen und bin jetzt wieder fit. Ich möchte dir jetzt keine Extra- Probleme mit Lappalien bereiten. Wahrscheinlich habe ich mich wegen dieser ganzen Sache zu sehr aufgeregt."

Ich setze mich auf den Stuhl, den sie mir anbietet. „Du meinst, wegen des Mordes?"

Sie schüttelt den Kopf. „Nein, wegen all dieser Verdächtigungen. Man verdächtigt uns, Bertrams Frauen, man verdächtigt unsere Töchter, das ist doch alles unsinnig."

„Das darfst du nicht so eng sehen", empfehle ich ihr. „Es werden jetzt erst einmal nur all die befragt, die einen Zugang zu diesem Haus haben könnten. Im Moment gibt es noch keinen Schuldigen oder Hauptverdächtigen. Es geht uns nur um Hinweise für ein Mordmotiv."

„Da kann ich dir gar nicht weiterhelfen", behauptet sie. „Wir sind alle immer sehr gut mit Bertram ausgekommen."

„Wie schön für euch! Doch scheinbar ganz unwichtige Dinge können für mich wichtig sein. Ich muss mit eurer Hilfe Bertram näher kennenlernen, um herauszufinden, wie er so tickte. Wie habt ihr euch beispielsweise kennengelernt? Auch im Supermarkt, wie Undine und er?"

„Nein, bei uns war es romantischer. Ich war damals Kunststudentin und wollte Malerin werden. Meine Mutter hatte ein kleines Vermögen geerbt, aber mein Vater hat es mit seiner Trinkerei durchgebracht. Für mein Studium musste ich selbst aufkommen, und das fiel mir sehr schwer. Ich hatte mehrere Jobs und arbeitete auch abends an einer Konzertgarderobe. Bertram kam öfters, vertraute mir dort seinen Mantel an, und ab und zu wechselte er ein paar Worte mit mir."

Ich staune. „Bertram besuchte Konzerte? Ich wusste gar nicht, dass er ein Musikliebhaber ist."

„War er auch gar nicht, wie sich später herausstellte", eröffnet sie mir. „Er hatte die Karten von einem Freund zum Geburtstag bekommen, und der hatte ihm eine Freude machen wollen. Um den Freund nicht zu enttäuschen, war er tatsächlich dorthin gegangen. Und wie er sagte, hat er dann im Konzert geschlafen, denn er langweilte sich bei Klaviermusik. Es sei aber ein guter Schlaf gewesen, behauptete er."

Je mehr ich über diese Geschichte und Bertram nachdenke, umso unwahrscheinlicher kommt sie mir vor. War er der Typ, der zu einem Konzert ging, wenn er dazu eigentlich keine Lust hatte?

„Hat er sich denn später noch mal für Musik interessiert?" erkundige ich mich.

Carla schüttelt den Kopf. „Nein, nie wieder. Dafür hat er sich niemals Zeit genommen. Jedenfalls nicht in dem Jahr, als ich bei ihm wohnte."

„Und diesen Freund? Hast du ihn mal kennengelernt?"

„Nein, ich habe überhaupt nie bemerkt, dass er Freunde hatte. Er und sein Bruder waren ein perfektes Paar und haben sich in der Zeit, als ich mit ihm zusammen war, höchstens einmal mit

Geschäftsfreunden getroffen. Aber in der Regel auch das sehr selten. Meist ging das alles über Videochats ab."

Mein Misstrauen verstärkt sich. „Meinst du, er ist absichtlich in die Konzerte gegangen, um dort jemanden anzusprechen, um dich kennenzulernen?"

„Warum sollte er das? Er war nicht nur ein gescheiter Wissenschaftler, sondern auch ein reicher Mann, nachdem sich viele Frauen die Finger lecken würden. Da gibt es doch wahrhaftig andere Plattformen und Orte, die gute Bekanntschaften versprechen."

„Und wie ist das so vor sich gegangen? Hat er gesagt, dass er sich in dich verliebt hat?"

„Nein, er war viel romantischer. Er hat behauptet, einen großen Traum zu haben, und zwar von einer ganz besonderen Frau. Zweimal sei ihm bereits eine begegnet, und zweimal habe er an das Schicksal geglaubt, aber er habe sich geirrt. Und dies sei nun der letzte Versuch, die Frau seiner Träume für sich zu gewinnen."

„Wie hat er dir seine Liebe gestanden?" hake ich noch einmal nach.

„Er brachte einen Strauß Veilchen mit und erzählte mir, dass er mich nachts im Traum gesehen habe, eine junge Frau, die ganz genauso aussah wie ich. Sie sei ihm in einem Licht erschienen, behauptete er, und das sei in seiner Familie immer ein Zeichen gewesen, dass eine große Liebe im Spiel ist. „Du bist die Frau, die mir im Traum erschienen ist", flüsterte er mir zu, und ich fand das natürlich unendlich romantisch."

„Erstaunlich und unglaublich", finde ich. „Bertram ein Romantiker. Und wie ging es weiter?"

„Er hat mir Bedenkzeit gegeben, und da bin ich in die Falle gegangen. Vier Wochen hat er mich warten lassen, bis er wieder auftauchte und inzwischen hatte meine Fantasie einen Traummann aus ihm gemacht."

Ich horche auf. „Was ist dann geschehen?"

„Er behauptete, von der Liebe sehr enttäuscht worden zu sein, und dass er daher kein idealer Partner wäre. Er würde sich selbst nicht mehr trauen, und er könne mir keine normale Partnerschaft anbieten."

„War das dann für dich nicht wie eine kalte Dusche?"

„Nur für wenige Sekunden. Ich war froh, dass er überhaupt wieder aufgetaucht war, und war bereit auf jeden seiner Kompromisse einzugehen. Und dann schlug er mir diese Ehe vor, so, wie er sie auch den beiden anderen Frauen vor mir vorgeschlagen hatte, für eine begrenzte Zeit und mit Bedingungen."

„Und wie hast du reagiert?"

„Ich stellte mir vor, seine Liebe mit der Zeit schon gewinnen zu können. Und die ganzen finanziellen Erleichterungen für mich stellten mir ein sorgloses Leben in Aussicht. Ich konnte alle meine Jobs aufgeben, und er ließ mich über einen Fernkurs Kunst studieren. Musst du da noch fragen, ob ich zustimmte?"

„Vermutlich bist du da nicht die Einzige, die auf ein solches Angebot eingeht", stimme ich ihr zu. „Es klang sicher sehr verlockend."

Sie nickt. „Zur Verwunderung seiner damaligen Haushälterin Elena, einer bildschönen Griechin, richtete er mir eine romantische Hochzeit her, sodass ich glaubte, die Chance für eine Zukunft zu haben."

„Warum hat sich Elena gewundert?" möchte ich wissen.

„Die schöne Griechin hatte sich mit Jost angefreundet, der sonst immer sehr zugeknöpft ist. Er hatte ihr verraten, dass seine beiden ersten Hochzeiten recht nüchtern gewesen seien, beide nur vor dem Standesamt ohne große Festivitäten."

„Und mit dir hat er sich kirchlich trauen lassen?"

„Ich hatte darauf bestanden, es zur Bedingung gemacht. Das war von meiner Seite die einzige Bedingung, die ich stellte."

„Wie sah diese Hochzeit denn aus? Was war daran so besonders?"

Sie lächelt und scheint sich an etwas sehr Schönes zu erinnern. „Wir wurden in einer romantischen Kapelle getraut, die mit Blumen und weißen Bändern festlich geschmückt worden war. Das Hochzeitsessen nahmen wir in einem kleinen Schloss ein, das für solche Feste besondere Säle anbietet. Auch dort glänzte alles in festlichem Schmuck, und wir wurden bedient wie die Könige."

„Und wer waren eure Gäste?"

„Zwei meiner Freundinnen aus der Studentenzeit, die Haushälterin, die Kindermädchen, Robert und natürlich auch die beiden kleinen Kinder, Kathinka und Dalida."

„Es war also eine kleine Gesellschaft", stelle ich fest.

„Es gab ein Menü mit sieben Gängen", erinnert sie sich. „Eine Kapelle hatte in der Kirche für festliche Musik gesorgt, und im Schloss spielte ebenfalls ein kleines Orchester für uns. Es fehlte wirklich nichts, was man für eine romantische Hochzeit benötigt.

Ganz abgesehen davon hatte mir Bertram auch ein traumhaftes Hochzeitskleid besorgt, und auch die Accessoires glänzten und glitzerten."

„Dann war zu dem Zeitpunkt für dich alles perfekt", vermute ich.

Sie wird ernst. „Irgendwann an diesem Tag fragte ich ihn nach diesem Freund, der ihm die Konzertkarten geschenkt haben sollte, denn ich wunderte mich, dass er ihn nicht zur Hochzeit eingeladen hatte. Da sagte mir Bertram geradeheraus, die Geschichte sei nur erfunden. Ein Arzt habe ihm etwas musikalische Entspannung verschrieben und daher sei er, wenn auch etwas unfreiwillig, in die Konzerte gekommen. Diesen Freund gab es gar nicht, beichtete er mir. Das machte mich etwas stutzig, weil ich feststellte, dass sein einziger Umgang sein Zwillingsbruder Robert war. Zum ersten Mal bekam ich ein wenig Angst, weil ich vermutete, dass er ein weltfremder Eigenbrötler sei."

„Und, hat sich deine Vermutung bestätigt?"

„Ja, obwohl er abends immer noch einmal schaute, ob bei uns alles in Ordnung war. Aber ich denke, darin sind wir drei Exfrauen uns völlig einig: Er passte nicht in die Gesellschaft. Das konnte man von ihm wohl auch nicht erwarten, die

Genies sind eben so. Und weil wir alle drei erkannt hatten, dass er sich nie als Teil einer „normalen Partnerschaft" eignete, machten wir das Beste aus dieser Beziehung und waren nicht unzufrieden, als er sie nach einem Jahr löste."

„Du hattest dich in ihn verliebt, warst du denn da nicht schrecklich enttäuscht von ihm?"

Sie lacht. „Ich war nicht das erste Mal verliebt, und es war auch nicht das letzte Mal. Natürlich hatte ich eine Weile daran zu knabbern, ein paar Wochen lang vielleicht, direkt nach unserer Hochzeit, als ich erkannte, dass ich mich in ihm getäuscht hatte. Aber ich gab mir auch selbst die Schuld daran, weil ich so blind und blauäugig gewesen war, und deswegen verzieh ich mir und ihm bald."

„Also noch in der Schwangerschaft? Wie ging es dir denn zu dieser Zeit?"

„Nicht besonders. Obwohl mir Bertram stets Vitamin-Präparate verabreichte, hatte ich viele Stimmungen, Hormon bedingt, vermutlich. Aber ich habe mich dann damals informiert und gelesen, dass Schwangerschaften sehr verschieden verlaufen können. Auf jeden Fall war ich nach dieser anstrengenden Zeit froh, das Kind in guter Obhut zu wissen. Nachdem wir getrennt waren, Bertram und ich, schickte er mich in eine Kur, damit ich mich erholen konnte, und so kam ich langsam wieder zu mir selbst."

„Kann es nicht auch ein bisschen deine Seele gewesen sein, die sich gegen das Ganze gewehrt hat, gegen diesen seltsamen Vertrag, diesen besonderen Mann, und nicht zuletzt auch gegen das Ende der Beziehung?"

„Ach nein! So viel muss man da gar nicht hineininterpretieren. Es ist alles gut so gewesen, wie es ist, und ich komme jetzt gut klar mit der Galerie, die mir Bertram eingerichtet hat."

„Du bist also jetzt glücklich?"

„Ich komme klar, das ist mehr, als die meisten Menschen von sich behaupten können. Ja, manchmal jammere ich auch, aber dann habe ich Freundinnen, denen ich viel anvertrauen kann."

Ich sehe sie aufmerksam an. „Und was ist jetzt mit einem Mann? Denkst du manchmal an eine Partnerschaft?"

Ich habe einen Freund, mit dem ich mich regelmäßig treffe, aber um eine Beziehung zu führen, müsste ich mir noch einen Partner backen."

„Bist du noch blockiert von der Beziehung mit Bertram?"

„Um Himmels willen, nein! Das war doch gar keine Beziehung. Ich habe ihm ein Kind geschenkt und er hat mir dafür eine Existenz gegründet. Wie gesagt, Bertram war kein Mensch für eine Zweierbeziehung mit einer Frau. Aber er war eine wichtige Erfahrung für mein Leben. Und mittlerweile haben Jasmin und ich einen freundschaftlichen Weg zueinandergefunden. Sie hat versucht, mich und meine Entscheidungen zu verstehen, und irgendwie schafft sie es, denn sie ist mir ein bisschen ähnlich."

Ich schüttele mich ein wenig. „Ich hätte nie gedacht, dass so etwas funktionieren kann. Wann hat er dir denn gesagt, dass er ein Kind will?"

„Vor der Hochzeit natürlich, und auf eine ganz romantische Art und Weise. Er drückte mir einen Katalog mit Babysachen in die Hand, lächelte ganz charmant und fragte mich, ob mir so etwas gefiele. Ja, und ich bin nun einmal ein Typ, der sich für so winzige Sachen begeistern kann, egal ob für ein eigenes Kind oder für andere Babys. Ich vermute, das ist so eine Art angeborener Mutterinstinkt."

„Und dann konntest du Jasmin so leicht abgeben?"

„Bertram versprach mir eine große Karriere als Künstlerin, und er hat mich immer gefördert. Das Kind war ja nicht aus der Welt. Ich hätte es besuchen dürfen, so oft ich wollte, aber dazu war ich zu vernünftig. Ich wollte dem Kind und mir diesen ständigen Abschiedsschmerz nehmen. So habe ich mich über Videos informiert, wie gut und wie prächtig Jasmin heranwächst. Sie war in Bertrams Obhut wirklich optimal aufgehoben."

Ich springe vom Stuhl auf. „Ich danke dir für deine Informationen. Es ist mir gerade ein bisschen schwindelig, und ich muss an die frische Luft."

Eilig verlasse ich das Zimmer.

Kapitel 12

Auf dem Flur treffe ich Jonas.

„Wohin willst du denn so eilig?" möchte er wissen.

„Mir will es einfach nicht in den Kopf, dass drei, scheinbar gescheite Frauen auf Bertrams Vorschlag, die Kinder abzugeben, eingegangen sind", teile ich ihm mit und berichte von meinen bisherigen Erfahrungen.

„Zum großen Teil habe ich das auch schon gewusst", eröffnet er mir. „Aber es gibt eben sehr unterschiedliche Menschen. Natürlich hätte nicht jede Frau so gehandelt, aber offensichtlich gibt es Menschen, die damit keine Probleme haben."

Misstrauisch verziehe ich das Gesicht. „Ich kann es nicht glauben. Irgendetwas stimmt an der ganzen Sache nicht. Aber leider weiß ich noch nicht, was."

„Vielleicht ist das bei dem ganzen Fall auch gar nicht so wichtig", überlegt Jonas. „Es gibt nämlich eine Neuigkeit."

„Noch eine Neuigkeit? Hat Bertram vielleicht auch Menschen geklont?"

„Um seine Genforschung geht es gerade nicht, oder vielleicht nur zum Teil", berichtet er. „Die Polizei hat nun auch noch einen versteckten Tresor in seinem Schlafzimmer gefunden, und der ist leer."

„Ein leerer Tresor ist doch nichts Ungewöhnliches", finde ich. „Die Brüder hatten ja auch Tresore in ihren Büros und Laboren."

„Vielleicht wäre es nicht ungewöhnlich, wenn Bertram nicht gerade nur von diesem Tresor einen Schlüssel an seinem privaten Schlüsselbund getragen hätte. Von einem leeren Tresor muss man nicht ständig den Schlüssel mit sich führen."

„Da ist was dran", sage ich. „Aber einen Tresor kann man ja auch füllen oder leeren, und das kann auch unser Opfer selbst getan haben."

„Ich finde, es ist trotzdem merkwürdig, besonders da wir darin Partikel von Papier gefunden haben, das im ganzen Haus nicht zu finden ist."

„Also glaubst du doch wieder an einen Mord aus Habgier. Du nimmst also an, dass auf den Papieren wichtige Formeln standen, die möglicherweise auch etwas mit den seltsamen Spuren am Fensterrahmen zu tun haben, oder?"

„Ja, so habe ich mir das bis jetzt zusammengereimt, und es klingt auch sehr wahrscheinlich. Jetzt müssen wir nur noch die Person finden, die die Formeln zu Geld machen will oder wollte, und dazu müssen wir natürlich ständig alle Kontobewegungen der Verdächtigen im Auge behalten."

„Wenn der Mörder so schlau war, um etwas von diesen Papieren zu wissen, dann traue ich ihm auch zu, dass er das Geld erst einmal gut verschwinden lässt. Vielleicht bewahrt er aber diese Formeln auch noch bei sich auf und wartet erst einmal, bis hier der ganze Spuk vorbei ist."

„Und deshalb wird Niklas, ein Privatdetektiv, gemeinsam mit mir und Theo, dem bereits avisierten Helfer, dafür sorgen, dass alle Bewohner des Gutes ein bisschen überwacht werden. Die Polizei wird auch noch mal eine neue Untersuchung anordnen, weil wir doch jetzt schon genauer wissen, wonach wir suchen müssen."

Ich seufze. „Ich würde mich darauf noch nicht versteifen. Es ist zwar eine Möglichkeit, ein Weg, den wir weiterverfolgen sollten, aber mein Gefühl sagt mir, dass da noch viel mehr dahintersteckt. Für ein einfaches Ergebnis, dafür ist die ganze Angelegenheit hier zu kompliziert."

„Es kann schon viel mehr dahinterstecken", räumt er ein. „Aber das Rätsel des leeren Tresors sollte auch gelöst werden. Warum bist du dir da so sicher, dass an den ganzen Verträgen mit den Frauen etwas faul ist?"

„Weißt du, es klingt für mich ziemlich brutal. Wenn es nur um die Ehen ginge, ja, das gab es schon immer, dass da Verträge ausgehandelt wurden und Ehen aus den unmöglichsten Gründen geschlossen wurden. Aber hier geht es auch um Kinder. Bertram wollte nicht nur Kinder haben, sondern er wollte sie auch ganz allein und nach seinen Vorstellungen erziehen. Das klingt schon eigenartig."

„Auf den ersten Blick nicht", behauptet Jonas. „Wenn dieser Zwilling davon überzeugt war, dass er die alleinseligmachenden Erziehungsmethoden für Kinder gefunden hatte, dann kann ich mir gut erklären, dass er diese Methoden auch ungestört anwenden wollte. Aus den Kindern ist doch schließlich etwas geworden, oder?"

„Bei einer so tollen Erziehung müssten doch Menschen groß geworden seien, die ihren Mann, oder besser gesagt ihre Frau im

Leben stehen können. Daran zweifele ich aber."

„Warum denn das? Sind sie nicht alle mit ihrem Leben mehr oder weniger zufrieden?"

Ich atme tief. „Nein, Dalida zum Beispiel, ist sehr aggressiv und auch recht negativ eingestellt. Jasmin ist etwas vorsichtig und ängstlich. Sie kommt mir etwas labil vor. Die Einzige, die versucht, aus ihrem Leben das Beste herauszuholen, und dabei noch ein bisschen positiv bleibt, das ist Kathinka. Aber ich bin felsenfest davon überzeugt, dass die Töchter ihren aktuellen Lebensstandard nicht ohne die Unterstützung ihres Vaters erreicht hätten. Finanziell sind sie doch bis heute optimal versorgt worden. Und was wären sie ohne dieses Geld? Was wäre aus den drei Müttern geworden, wenn sie nicht von Bertram so großartig unterstützt worden wären? Wären sie dann mit ihrem Leben auch zufrieden gewesen? Hätten sie es dann geschafft? Hätten sie dann Bertram in Ruhe gelassen?"

„Das ist mir ein bisschen zu viel „wenn" und „wäre" und „hätte"," findet Jonas. „Das wirst du nie herausbekommen, dass alles wird ewig ein Rätsel bleiben. Wir müssen uns jetzt tatsächlich an die Tatsachen halten. Bertram hat diese sechs Frauen so gut versorgt, dass es für sie in finanzieller

Hinsicht kein offensichtliches Tatmotiv gibt."

„Du vergisst, dass es Menschen gibt, die nie genug bekommen können", füge ich grinsend hinzu. „Und hast du nicht eben noch gesagt, dass seine neuen Formeln gutes Geld bringen können?!"

„Du könntest mich überzeugen, wenn du mir eine der sechs Frauen bringst, die sich zurückgesetzt fühlt, wütend auf ihn ist und große Flausen im Kopf hat, für die man viel Geld braucht. Meinst du, du könntest eine von ihnen in dieser Hinsicht überführen?"

„Ich weiß es nicht, bisher kenne ich ja diese sechs Frauen nur ganz oberflächlich und habe mich noch nicht an ihre tieferen Gefühle angetastet. Was aber ist mit Robert, dem Zwillingsbruder. Kann er nicht auch Interesse an diesen Rezepturen gehabt haben?"

„Ihn schließe ich mittlerweile fast ganz aus", teilt mir Jonas mit. „Es wird mir anhand aller Ergebnisse immer klarer, dass die beiden Brüder ein unglaublich gutes Verhältnis hatten. Sie haben sich wirklich gegenseitig alles gegönnt und sich in jeder Beziehung geholfen und vieles miteinander geteilt."

„Du meinst, Robert hat von all diesen Forschungen gewusst und mit ihm zusammengearbeitet? Hast du ihn schon gefragt?"

„Bertrams Bruder hat mir gesagt, dass sie fast immer gemeinsam geforscht hätten. Ich habe ihn noch nicht darüber aufgeklärt, über das, was wir gefunden haben. Ich erinnere mich aber, dass Robert sagte, sein Bruder hätte ab und zu einmal fremde Forschungsansätze ausprobiert, sie aber vernichtet, wenn sie nichts getaugt hätten, also unbrauchbar gewesen wären. Mit dieser Aussage ist er fein raus aus dem Schneider."

„Das macht ihn für mich gerade verdächtig", finde ich. „Er hat sich die Unterlagen unter den Nagel gerissen, sie vielleicht schon verkauft und behauptet jetzt, nichts dergleichen gesehen zu haben. Eine perfekte Ausrede."

„Wo bleibt deine Menschenkenntnis? Robert ist nicht der Typ Mensch, der wegen einer Forschung seinen Bruder umbringt. Die beiden haben sich sehr geliebt, und ich bin sicher, dass Bertram alles mit ihm geteilt hätte."

„Vielleicht wollte Bertram sein Forschungsbaby vernichten, und Robert hatte im Kopf, damit viel Geld zu verdienen. Und weil sie nicht übereingekommen sind, hat Robert seinen Zwillingsbruder umgebracht. Das ist doch eine gute, glaubwürdige Theorie, oder?"

„Beide Brüder haben so viel Geld, dass sie es gar nicht verleben können", weiß Jonas. „Wegen Geld würde Robert seinen Bruder bestimmt nicht umbringen."

Ich sehe ihn herausfordernd an. „Vielleicht nicht wegen Geld. Aber solche Entdeckungen bringen auch manchmal ganz schön viel Ruhm. Robert hat immer ein wenig im Schatten gelebt. Er war nicht verheiratet, hatte nur kurze Beziehungen und hat auch keine Kinder. Mit einer neuen Rezeptur konnte er endlich einmal etwas auf die Beine stellen, das außergewöhnlich ist."

Jonas schüttelte den Kopf. „Alle Menschen, die Robert kennen, haben behauptet, dass er ein ruhiger Mensch ist, der sich nicht gern ins Rampenlicht stellt. Und so habe ich ihn auch kennengelernt. Er ist zufrieden und ruht in sich. So sieht für mich tatsächlich ein Lebenskünstler aus, der genau weiß, was er möchte und trotzdem zufrieden ist mit allem, auch wenn es nicht perfekt ist."

„So sieht für dich ein Lebenskünstler aus?!" bemerke ich schmunzelnd. „Darunter stelle ich mir aber einen anderen Menschen vor. So viel Zeit nur in den Laboren zu verbringen, das scheint mir nicht erstrebenswert. Dann gebe ich dir einmal eine ganz andere Rätselaufgabe Was hältst du denn von Jost, dem Gärtner als Täter? Manchmal ist es wirklich der Gärtner, und warum nicht dieses Mal?"

„Ihm geht es gut, seit Jahren arbeitet er mit Lust und Liebe und betrachtet den Garten als seinen eigenen, weil er da alles so machen kann, wie er möchte. Er hat dafür stets viel Geld bekommen, auch um alles so einzurichten, wie er es mag. Es stresst ihn niemand, er kann sich alles einteilen, und wenn er will, sich dafür Hilfe besorgen. Er wird gut versorgt, hat seine kleine Wohnung und konnte einiges an Geld zurücklegen, das habe ich alles schon herausbekommen."

„Weißt du auch, ob er eine Freundin hat?"

„Er war vor vielen Jahren einmal verheiratet, aber seine Frau ist gestorben. Seit ein paar Jahren kennt er die Gastwirtin im Nachbardorf. Sie ist ziemlich begütert und nicht auf Josts Geld angewiesen. Er besucht sie regelmäßig und Julia, so heißt diese Frau, ist damit völlig zufrieden. Ihre Gastwirtschaft ist ihr Hobby, und so etwas macht viel Arbeit. So freut sie sich über eine Partnerschaft, die ihr die nötigen Freiheiten lässt."

„Und wenn Jost die Erfindung kaufen wollte, um seiner Freundin mit einem großen Geschenk zu imponieren?"

Jonas schüttelte den Kopf. „Julia hat genug Geld, ein teures Geschenk würde ihr nicht imponieren. Die beiden mögen sich und wissen, was sie aneinander haben. Außerdem hat Jost überhaupt keine Ahnung von den Forschungen. Er hätte überhaupt nichts gewusst, was solche neuen Rezepturen wert sind."

„Da kommen wir wieder einmal zu dem entscheidenden Punkt. Der Einzige, der wirklich wissen konnte, was Bertrams neueste Forschung wert ist, das ist doch

Robert. Er will vielleicht ein Vermögen damit machen."

„Das ist noch nicht sicher, ob man damit überhaupt ein Vermögen machen kann", behauptet Jonas. „Wir haben diese minimalen Spuren in ein ganz modernes Labor gegeben, und die sind gerade damit beschäftigt, herauszufinden, was man wirklich alles damit hätte erreichen können. Möglicherweise sind diese Entdeckungen gar nicht so spektakulär. Vielleicht ist man in anderen Laboren mit der Forschung schon genauso weit."

„Du meinst also, man kann schon Menschen psychisch, körperlich und charakterlich mit

Medikamenten verändern? Ist die Forschung wirklich im Allgemeinen schon so weit?"

„Theoretisch ja, aber die Fachbegriffe sind völlig anders, und man forscht in diesen Bereichen, um kranken Menschen zu helfen, nicht um die Menschheit zu verändern."

„Ein heikles Thema", finde ich. „Aber da sind wir wieder mal beim Philosophieren. Eine Sache ist erst einmal neutral, und du kannst damit jemandem nutzen und jemandem schaden. So ist das doch wohl, oder?"

„Richtig. Also sind Bertrams Forschungsergebnisse nur wichtig für jemanden, der selbst noch nicht an solche Ergebnisse kommen kann. Und wertvoll sind sie vielleicht wirklich nur für den, der etwas Unrechtes damit vorhat. Daher glaube ich nicht, dass Robert jemandem Bertrams Forschungsergebnisse anvertraut hat, der damit der Menschheit schaden will. Er selbst achtet stets immer genau darauf, dass alles in einem humanen Rahmen bleibt."

„So habe ich ihn am Anfang auch eingeschätzt", gebe ich zu. „Aber da die Situation hier so verworren ist, und er nun mal vieles mit Bertram gemeinsam gemacht hat, nahm ich ihn wieder mehr ins Visier." Ich seufze. „Dann muss ich mich wohl wieder mit kleinen Schritten weiter herantasten."

„Anders wird es wohl nicht gehen", antwortet er lächelnd.

„Jetzt werde ich Lea aufsuchen", verrate ich ihm. „Von ihr fehlt mir noch die Story, die sie mir hoffentlich über sich und Bertram erzählen wird." Mit einem schiefen Lächeln winke ich ihm noch einmal zu.

Kapitel 13

Die schöne Frau mittleren Alters trägt ihr langes schwarzes Haar offen, es glänzt wie Seide. Während sie mich begrüßt, misst sie mich mit einem abschätzenden Blick. „Du bist also Hannah, die Frau, die den Tod des genialen Forschers Bertram klären möchte." Freundlich reicht sie mir die Hand.

„Zum Glück bin ich nicht allein dafür zuständig", gestehe ich. „Die Polizei und zwei Detektivbüros wollen eifrig mithelfen. Aber ich hoffe, etwas zur Aufklärung beitragen zu können."

Sie lächelt. „Dann werde ich auch versuchen, dir behilflich zu sein.

Hast du meine entzückende Tochter schon kennengelernt?"

„Ja, das habe ich. Sie ist wirklich eine reizende junge Frau. Ich kann mir vorstellen, dass ihr ein gutes Verhältnis zueinander habt."

Lea nickt. „Sie ist ein kluges Mädchen. Sie weiß, dass wir mit guten Gefühlen verbunden sind, obwohl ich ihr nicht als Baby den Popo abgewischt habe. Als sie ein bisschen älter war, habe ich mich mit ihr regelmäßig getroffen, und so konnten wir Freundinnen werden."

„Sie hat es verstanden, dass du sie bei ihrem Vater gelassen hast?"

Lea nickt leicht. „Bertram und ich, wir haben ihr immer zu verstehen gegeben, dass sie etwas Besonderes ist."

Ich sehe die schöne Frau fragend an. „Wie soll ich das verstehen?"

Sie lächelt charmant. „Früher ging es in den vornehmen Familien ähnlich zu. Denk nur an den reichen Adel aus den vergangenen Jahrhunderten. Die Säuglinge hatten ihre Ammen, die kleinen Kinder hatten ihre Kinder-Frauen und Erzieher. Die Eltern hatten oft wichtige Regierungsaufgaben oder waren sogar auf Reisen. Glaube mir, manchmal können Fremde bessere Erzieher als die eigenen Eltern sein. Wir haben Kathinka stets beigebracht, dass sie auf eine besondere Art und Weise bevorzugt wird, wie die Prinzessinnen."

„Ihr habt ihr gesagt, sie sei eine Prinzessin?"

„Nein, nicht direkt mit diesem Wort. Aber wir haben sie spüren lassen, dass sie etwas Besonderes ist und daher auch eine besondere Erziehung verdient."

Ich sehe sie skeptisch an. „Und die Geschenke aus dem Katalog? Gehörte das auch zu dieser besonderen Entziehung?"

„Natürlich, dadurch wurde sie zur Selbstständigkeit erzogen. Sie lernte, für sich das zu wählen, was für sie gut ist. Das war Bertrams Idee, und ich fand es optimal."

„Wenn du mich fragst, ich finde das schrecklich", antworte ich ehrlich. „Ob einer etwas mit Liebe schenkt, das erkennst du doch daran, ob sich derjenige darüber Gedanken gemacht hat, was dich erfreut, und was nicht. Aber wenn sich Kathinka immer selbst beschenken musste, und auch oft nicht das bekam, was sie sich wünschte, dann muss sie sich doch sehr schlecht vorgekommen sein."

Lea schüttelt den Kopf, und ihr schönes, schwarzes Haar bewegt sich. „Aber nein, das siehst du völlig falsch. Die Sache mit den Geschenken, die wiederum war eine Vorbereitung für das Leben. Man bekommt eben im Leben nicht immer das, was man sich wünscht, und es ist gut, wenn man sehr früh darauf vorbereitet wird. Kathinka hat selten etwas aus Katalogen bekommen. Dadurch hat sie gelernt, diesen verlockenden Bildern im Internet und in den Katalogen nicht immer zu glauben. Die Kindermädchen sind am Ende mit ihr shoppen gegangen, und dann konnte sie an Ort und Stelle aussuchen, was ihr gefiel, und konnte es auch gleich mitnehmen. Damit hat er ihr viel Realitätsbewusstsein gegeben, der gute Bertram."

„Ihr scheint euch gut vertragen zu haben, du scheinst ihn zu mögen", locke ich sie zum Weitererzählen.

Sie sieht mich selbstbewusst an. „Ich war seine erste Frau, und mit mir hat er tatsächlich mehr Zeit verbracht als später mit seinen anderen. Als das Jahr vorbei war, war er sich am Ende gar nicht so sicher, ob ich gehen sollte, aber ich bestand auf dem Vertrag. Ich wollte frei sein und meinen eigenen Weg gehen."

Ich sehe sie erstaunt an. „Er wollte die Scheidung gar nicht mehr?"

„Oh doch! Das hatte er so für sich festgelegt. Aber er bot mir an, trotzdem auf dem Gut zu bleiben, denn er mochte meine Gesellschaft."

„Wie habt ihr euch kennengelernt?" stelle ich die unvermeidliche Frage.

„Ich war mit meinem Chef zum Karneval in Venedig, denn ich bin Dolmetscherin. Dort gab es einen Maskenball und wir waren beide verkleidete Gäste, Bertram und ich."

Oh nein, denke ich. Das darf doch nicht wahr sein. Jetzt habe ich mir in Gedanken eine solch passende Theorie zusammengestellt, und schon scheint alles wie ein Kartenhaus zusammenzufallen. Tatsächlich hatte ich bis eben geglaubt, dass sich Bertram seine

Opfer, die er sich für eine Hochzeit und eine Mutterschaft ausgesucht hatte, ganz bewusst gewählt hat. Aber jetzt erzählt mir Lea, dass sie sich in Verkleidung kennengelernt haben.

„War das eine öffentliche Veranstaltung?" will ich wissen.

„Ein Hausball für die Gäste des Hotels. Mein Chef hatte sich für seine Geschäftspartner den Spaß erlaubt, die geschäftliche Besprechung nach Venedig zu verlegen. Im Anschluss an das Meeting lud er uns zu diesem Ball ein. Bertram war auch dort, es war dort mit einem Kollegen, um sich den Karneval von Venedig anzuschauen."

Ich sehe die schöne Frau irritiert an. „Hast du den Kollegen kennengelernt? Und hatte Bertram wirklich Interesse an dem karnevalistischen Treiben?"

„Den Kollegen habe ich nicht kennengelernt. Er sagte mir, das sei seine Absicht, denn er wolle nicht, dass dieser Pharmazeut mehr als ein Auge auf mich wirft. Das empfand ich schon einmal als charmantes Kompliment, und so glaubte ich ihm."

„Und wie es ging es weiter? Habt ihr viel vom Karneval gesehen?"

„Es waren ja nur zwei Tage. Beim Ball hat er den ganzen Abend mit mir getanzt und mich fast nicht losgelassen."

Ich sehe sie neugierig an. „Hatte er dich vorher ohne Maske gesehen?"

„Ich könnte es nicht mit Sicherheit sagen. Wir wohnten ja beide im selben Hotel, und ich habe nicht darauf geachtet, wer da sonst noch so herumlief. Auf jeden Fall sagte er mir noch an diesem Abend, dass er mich unbedingt wiedersehen müsse."

„Hast du dich sofort in ihn verliebt?"

„Nein, ich fand ihn nur sehr interessant. Zu der Zeit war ich gerade noch in meinen Chef verliebt, der zu allem Unglück verheiratet war. Und als ich sah, wie ungeniert er in Venedig mit jeder schönen Dame flirtete, da tat mir nicht nur seine Frau leid, sondern ich tat mir auch selbst leid. Da machte es mir dann besondere Freude, mit Bertram zu tanzen und meinen Frust loszuwerden."

Ich verkneife mir ein Grinsen. „Wann hat er dir einen Heiratsantrag gemacht und wie war er?"

„Schon eine Woche später, da stand er plötzlich vor meiner Tür mit einem gigantischen Rosenstrauß, und weil ich immer noch sauer auf meinen Chef war, ließ ich ihn herein. Normalerweise heißt so etwas, den Teufel mit Beelzebub austreiben, aber

Bertram war kein Beelzebub, sondern ein höflicher Mensch, der sehr viel Stil zeigen konnte, wenn er sich die Zeit dafür nahm."

„Was hat er gesagt?" will ich wissen.

„Er meinte, wir hätten uns zwar im Karneval kennengelernt, aber dann doch ziemlich schnell die Masken abgelegt, das sei eine gute Voraussetzung für eine Partnerschaft. Deswegen wolle er mir bekennen, dass ich für ihn die Frau sei, mit der er sich eine Ehe vorstellen könne. Und er bat mich, ihm genauso unmaskiert und ehrlich eine Antwort zu geben."

„Hast du dir Bedenkzeit erbeten?" frage ich sie, obwohl ich glaube, die Antwort zu wissen. Wenn eine alte Liebe noch so präsent stört, lassen sich viele gern zur Ablenkung in eine neue fallen.

„Ich dachte, dass es das Beste ist, was mir passieren kann, und er wirkte so perfekt. Da dachte ich, mit ihm kann gar nichts schief gehen. Er lud mich daraufhin zum Champagner ein, und nachdem wir drei Gläser getrunken hatten, fragte er mich noch einmal ganz konkret, ob ich ihn heiraten will. Bevor ich ihm antworten konnte, ließ er schon seine Bedingungen vom Stapel, und du kennst sie ja schon."

„Ja, deine beiden Nachfolgerinnen haben mir bereits davon erzählt.

Ein Jahr Ehe und nach Möglichkeit ein Kind."

Sie lächelt. „Genauso war es, und er wünschte sich eine Tochter. Sicher bist du informiert, dass man da auch schon ein bisschen nachhelfen kann, oder?"

„In etwa ja", gebe ich zu, „es gibt gewisse Möglichkeiten, das ein wenig zu steuern. Weißt du, warum er sich eine Tochter wünschte. Hat er nicht an den Frauenüberschuss gedacht?"

Sie wirft mir einen strafenden Blick zu. „Er behauptete, ein Mädchen verhalte sich seltener als Konkurrentin zu ihrem Vater. „Ich bin ein Zwilling, musst du wissen. Ein eineiiger Zwilling. Mein Bruder und ich, wir sind wie ein einziger Mensch, und doch wirkt diese Tatsache auch derart, dass ich stets ein Gegenüber und auch einen Konkurrenten habe. Weil es Robert gibt, muss ich mich ständig mit mir auseinandersetzen. Du musst das nicht verstehen, aber das ist der Grund, warum ich mir ein Mädchen wünsche." So lautete seine Erklärung, die mich nicht zufrieden stellte, aber ich akzeptierte sie."

Also fühlte er seinen Bruder doch als Konkurrenten, stelle ich fest. Und was war, wenn es sich umgekehrt genauso verhielt. Spürte Robert seinen Bruder auch als Konkurrenz? Bewusst? Unbewusst?

Ich atme tief. „Fandest du sein Verhalten nicht merkwürdig?"

„Mein früherer Chef war viel schlimmer, ein ganz besonderer Exzentriker, dabei aber launisch und verletzend. Bertram dagegen konnte sich benehmen. Ich war mit allem einverstanden, und kurze Zeit darauf waren wir verheiratet."

„Hat er sich danach verändert?"

„Er blieb höflich und aufmerksam, aber er verbrachte die meiste Zeit des Tages mit seinen Forschungen. Nun ja, er hatte mich vorgewarnt, und ich durfte mir inzwischen die Zeit vertreiben, so wie ich es wollte."

„Womit hast du dir die Zeit vertrieben?"

„Nachdem ich es in meinem Leben bisher gewohnt war, viel und hart zu arbeiten und mich immer nach den Launen der Chefs richten zu müssen, habe ich erst einmal eine Weile gar nichts getan. Ich wurde sehr schnell schwanger, und dann hatte Bertram verschiedene Termine für mich, in denen es um meine und die Gesundheit des Kindes ging. Es gab Gymnastik, und in seinen Tagesplänen fanden sich Spaziergänge und viele kleine gesunde Mahlzeiten, dazwischen ein paar Vorträge und der Rest der Zeit blieb er zur freien Verfügung."

„Das klingt ja grässlich", finde ich. „Kamst du dir da nicht wie in einem Internat vor?"

„Nein, alles, was er für mich auswählte, war neu und interessant für mich. Ich bin selbst ohne Vater aufgewachsen, und so hatte ich plötzlich das Gefühl, eine angenehme Vaterfigur zu besitzen."

Ich staune. „Du bist ohne Vater aufgewachsen?" wiederhole ich überflüssigerweise.

„Ja, so etwas soll öfters vorkommen. Findest du daran etwas so besonders?"

Auf diese Art und Weise konnte Bertram ein leichtes Spiel mit ihr haben, stelle ich für mich fest. Ob er das wusste, dass sie vaterlos aufgewachsen war? Hatte er sich vorher über sie erkundigt, war er ihr vielleicht sogar absichtlich nach Venedig nachgereist?

„Das soll es öfter geben", antworte ich mechanisch. „Dann hattest du wahrscheinlich auch ein gutes Gefühl, als du Bertram deine Tochter zurückgelassen hast, oder?"

„Ja, ich wusste, dass er kein Chaot ist, sondern, dass er alles, was er tut, sorgfältig überlegt. Ich wusste, dass mein Kind in geordneten Verhältnissen aufwachsen würde. Und was will man mehr?! Ich hätte die Kleine jederzeit besuchen können, aber ich wählte von seinen Vorschlägen den attraktivsten. Und der führte mich an einen Ort, der etwas weiter weg liegt."

„Wohin bist du gegangen?"

„Er kaufte für mich eine Atelierwohnung in Paris. Dort richtete er mir eine kleine Sprachschule ein, und nebenbei hatte ich noch viel Zeit für mein Hobby, das Fotografieren."

„Ein sehr verlockendes Angebot", gebe ich zu. „Hast du deine Tochter sehr vermisst?"

„Sie war ja erst zwei Monate alt, als ich ging und auch vorher ständig bei ihrer Nanny. Erst als sie schon in die Schule ging, fing ich an, sie regelmäßig zu besuchen. Da hat sie in mir zuerst eine Art Tante gesehen, aber später wurden wir gute Freundinnen."

„Du hast das Glück, ein Kind im Arm zu halten, anderen Menschen geschenkt?" fragte ich ungläubig.

„So, wie mir Bertram damals alles erklärt hat, erschien es mir richtig und vernünftig und für alle Beteiligten das Beste", lässt sie mich wissen.

„Bist du dir da ganz sicher?" frage ich noch einmal nach.

„Ich habe mich auch mit Kathinka darüber unterhalten. Sie ist da ganz meiner Meinung. Es gibt eben nichts im Leben, dass vollkommen oder perfekt ist. Das sieht sie genauso, und sie denkt, wir haben alle das Beste aus diesen Situationen gemacht."

„Gut, wenn ihr alle damit klarkommt, dann kann man nichts dagegen sagen. Vielleicht hast du jetzt auch noch eine Idee, wem man diesen Mord zutrauen kann?"

Sie hebt die Augenbrauen. „Wenn du mich so fragst, möchtest du wahrscheinlich den Namen einer Person hören. Ich weiß nichts Genaues, aber ich habe Miriam in Verdacht."

Ich sehe sie erstaunt an. „Bist du sicher? Und wie kommst du darauf?"

„Sicher bin ich nicht. Aber ich habe immer den Verdacht gehabt, dass sie in Bertram verliebt ist. Er jedoch hatte kein Interesse an ihr. Das allein macht sie noch nicht verdächtig. Sie hat aber auch noch große Pläne für ihre Zukunft."

„Davon weiß ich gar nichts", gestehe ich ihr.

„Das wird sie auch nicht jedem auf die Nase binden", glaubt Lea. „Sie wird sich doch nicht selbst verdächtig machen."

„Weißt du denn etwas über ihre Pläne?"

„Nichts genaues, aber ein Stück von hier entfernt liegt eine kleine alte Mühle, ebenfalls im

Siebenswinkel. Sie ist renovierungsbedürftig und steht zum Verkauf. Ich habe einmal mitbekommen, wie sie meiner Tochter davon vorgeschwärmt hat."

„Sie möchte das alte Bauwerk kaufen?"

„Ja, davon träumt sie wohl. Aber ich habe keine Ahnung, ob ihr Bertram etwas im Testament vermacht hat. Die anderen glauben ja, es gäbe irgendeine geheimnisvolle Formel, die jemand meinem Ex gestohlen hat, und dies sei der Grund für den Mord. Aber das kann ich mir nicht vorstellen."

„Warum nicht?" frage ich geradeheraus.

„Dafür hätte man ihn nicht unbedingt ermorden müssen."

„Das Stehlen allein hätte doch nicht gereicht", erkläre ich ihr. „Wenn Bertram den Diebstahl gemerkt hätte, wäre er sicher sofort zur Polizei gegangen. Und von dort aus hätte man den Verkauf der Rezeptur stoppen können."

„Nein, so etwas wird in dem betreffenden Milieu auch unter der Hand gemacht. Dann erscheint irgendwo im Ausland plötzlich ein neues Medikament, und keiner kann beweisen, dass es ursprünglich einmal Bertrams Erfindung gewesen ist."

Ich überlege. „Du bist also der Meinung, dass der Mord nichts mit Bertrams Forschung zu tun hat?"

„Ja, ganz genau. Bertram verwahrte seine Formeln stets im Safe seines Labors auf. Da hätte man gut etwas stehlen können, während er in seinem Zimmer schlief. Wie gesagt, dafür wäre kein Mord notwendig gewesen."

Ich kneife die Augen ein wenig zusammen. „Und es gab keinen anderen Ort, an dem er geheime Dinge bewahrte?"

Lea schmunzelt. „Die Polizei hat doch schon längst den Safe in seinem Zimmer entdeckt. Erzähl mir nicht, dass du davon nichts weißt."

„Ich weiß etwas davon, ja. Aber weißt du auch, was er darin aufbewahrte?"

„Ja, ob du es jetzt glaubst oder nicht. Er besaß ein dickes Tagebuch, ganz unverschämt dick. Aber darin stand nichts über seine Forschungen, sondern er notierte darin seine Gedanken."

Ich staune. „Ist das wahr? Hast du einmal darin gelesen?"

„Natürlich ist das wahr. Warum auch nicht?! Aber er hat niemanden darin lesen lassen. Am Tag, als Kathinka geboren wurde, da hat er sich verplappert."

„Kannst du dich noch daran erinnern, was er sagte?"

„Aber natürlich", sagt sie grinsend, „er war nämlich etwas betrunken. Eigentlich hat er nie getrunken, denn er vertrug keinen Alkohol. Aber die Geburt seiner ersten Tochter hat ihn wohl ganz unerwartet emotional durcheinandergebracht."

„Und was sagte er?" dränge ich.

„Er sagte: „Dafür muss ich heute in meinem Diario eine neue Seite anfangen. Und den Großbuchstaben werde ich so verzieren, wie man es früher in den alten Büchern gemacht hat." Ich habe ihn ganz erstaunt angesehen, und ihn gefragt, ob er tatsächlich ein Tagebuch schreibt. Da meinte er nur, er habe einen Scherz gemacht. Aber ich habe es ihm angesehen, dass es ihm so herausgerutscht sein musste, denn er hat ganz schnell das Thema gewechselt."

Erwartungsvoll sehe ich sie an. „Hast du das Tagebuch einmal gesehen, oder gesehen, wie er darin schrieb?"

„Kurz bevor ich ihn verließ, hatte Kathinka einmal sehr hohes Fieber und die Kinderfrau bat mich, Bertram zu wecken und zu rufen. Ich bin dann zu seinem Zimmer gegangen und habe an der Tür geklopft. Natürlich fragte er zuerst, wer da ist, und um was es geht.

Als ich ihm die Auskünfte gegeben hatte, bat er mich, einen kurzen Moment zu warten. Bevor er die Tür öffnete, hörte ich Geräusche, die sich anhörten, wie das Aufschließen eines Briefkastens aus Metall, und ich wunderte mich. Ich schaute durch das Schlüsselloch und sah, wie er ein dickes Buch in der Wand verschwinden ließ. Tatsächlich wagte ich es, ihn einige Tage später daraufhin anzusprechen. Zu dem Zeitpunkt war ich schon ausgezogen, und er gab mir lachend Antwort. „Du hast gute Ohren. Ich habe etwas in meinen Safe gelegt. Aber du hast nichts verpasst, darin befindet sich nichts Wertvolles. Ein Dieb könnte damit nichts anfangen, er fände lediglich benutztes Papier."

„Weiß die Polizei davon? Und weißt du, ob er auch in der letzten Zeit noch in diesem Buch geschrieben hat? Der Safe ist leer."

„Wahrscheinlich war es ihm irgendwann einmal zu langweilig, daran weiterzuschreiben", glaubt Lea. „Sicher hat er das Buch schon längst vernichtet."

„Und wenn nicht?"

Leas Augen werden zu Schlitzen. „Bis vor kurzer Zeit hat Bertram niemanden, außer seinen Bruder in sein Zimmer gelassen, aber inzwischen ist er auch nicht mehr der Jüngste, und so hat er Miriam erlaubt, dort einmal eine Grundreinigung vorzunehmen. Da hatte sie natürlich genügend Zeit, sein Zimmer zu inspizieren."

„Du meinst, sie hat dann dabei den Tresor entdeckt, und wichtige Dokumente dort vermutet? Auf die Vermutung hin, dass da etwas drin liegt, was man zu Geld machen kann, bringt man doch keinen um", behaupte ich.

„Das glaube ich auch nicht. Ich denke, sie konnte seine Ablehnung nicht ertragen. Wer weiß, was da sonst noch vorgefallen ist. Und als er tot war, hat sie schnell die Gelegenheit genutzt und im Tresor nachgeschaut, ob da etwas zu holen war", reimt sich Lea zusammen.

„Es ist alles sehr weit hergeholt, finde ich. „Was soll denn da Schlimmes zwischen den beiden abgegangen sein, um einen Mord zu rechtfertigen."

„Glaub mir, Liebeskummer und Wut und Rache sind ein großes Motiv. Das wussten schon die Libretto-Schreiber im Mittelalter, die die Texte für die großen Opern gedichtet haben. Da findest du ganz häufig das Motiv „Vendetta", die Rache."

„Wir sind doch nicht mehr im Mittelalter", rufe ich ihr in Erinnerung.

„Bei den Emotionen der Menschen hat sich nichts verändert", behauptet sie. „Stell Miriam doch einmal auf die Probe! Frag sie einmal, was zwischen ihr und Bertram gewesen ist."

„Also gut", antworte ich seufzend. „Dann will ich das auch sofort erledigen, damit ich es hoffentlich bald abhaken kann."

Ich bedanke mich bei ihr für ihre Auskünfte und lasse sie allein.

Kapitel 14

Draußen auf dem Flur treffe ich Dalida, die mich offensichtlich gesucht hat.

„Hat dir eigentlich schon einmal jemand reinen Wein eingeschenkt?" fragt sie mich direkt.

„Öfters schon einmal", antworte ich und sehe sie erwartungsvoll an. „Das klingt ja so, als ob du vorhättest, mir etwas Wichtiges zu sagen?"

Sie führt mich am Arm auf die Terrasse. „Dann komm und setz dich erst einmal, sonst fällst du nachher noch vor Schreck um!"

Ich folge ihrem Rat und setze mich neben sie auf die Gartenbank.

„Ich kann gut mehr Informationen gebrauchen", gestehe ich ihr.

„Wie du dir denken kannst, geht es um Bertram, den wir drei Halb-Schwestern unseren Vater nennen. Er war ein freundliches und höfliches Monster."

„So etwas Ähnliches hast du schon einmal gesagt", erinnere ich mich. „Kannst du mir mehr darüber erzählen?"

„Unsere Mütter, wenn man sie überhaupt so nennen kann, und meine beiden Halbschwestern erzählen dir in rosigem Glanz, dass sie eine schöne Kindheit hatten, mit liebevollen Kindermädchen, freundlichen Haushälterinnen und einem höflichen Vater, der unser Erzeuger ist. Es war nicht so, glaube mir!"

„Wie war es denn?" möchte ich wissen.

„Ich denke, dass Könige der vergangenen Jahrhunderte, ihren Sprösslingen mehr Zuwendung erwiesen haben als Bertram seinen Töchtern. Nicht nur ich habe Tränen aus Wut oder Verzweiflung geweint, wenn er uns spüren ließ, dass er uns nur akzeptiert, wenn wir seine merkwürdigen Regeln einhalten."

„Was für merkwürdige Regeln waren es denn?"

„Wir Kinder haben nicht zusammen gespielt, sondern hatten jeder unser eigenes Kindermädchen, das uns betreut hat. Natürlich haben die nicht den ganzen Tag mit uns gespielt. Die meisten haben nur aufgepasst, dass wir keinen Unsinn veranstalten. Und Bertram hatte für uns sehr unterschiedliche Kindermädchen ausgesucht. Am Anfang habe ich es nicht bemerkt, aber später konnte ich feststellen, dass er nach einem bestimmten Schema vorging. Die sympathischen Kindermädchen bekam stets Kathinka, denen schien ihre Arbeit oft noch Spaß zu machen. Aber meine Kinderfrauen waren recht eklige und hartherzige

Gouvernanten, mit denen ich mich meistens streiten musste, um es erträglich zu haben. Jasmins Kindermädchen waren oft recht unzuverlässig, wechselten fast monatlich und waren oft von ihrem Job überfordert. Unsere Kindermädchen wechselten alle sehr oft, sodass wir uns gar nicht wirklich an eine gewöhnen konnten."

„Habt ihr euren Vater nicht einmal gefragt, warum er so handelt?"

„Kathinka und Jasmin hätten sich das nicht gewagt. Aber als ich mich gerade einmal mit einer jungen Französin gut verstand, da kündigte er ihr. Ich habe ihn gefragt, warum Claudette nicht bleiben darf, aber er sagte nur, er wisse schon, was für uns gut ist. Ich habe ihn gebeten und gebettelt und sogar geweint, was ich sonst nie vor ihm tat. Aber er blieb hart und sagte, dass ich keine Ahnung habe. Claudette musste noch am selben Abend gehen."

Ich atme tief. „Hat er immer so hartherzig gehandelt?" möchte ich wissen.

„Er kannte keine Ausnahmen. Er war wie ein Roboter oder ein Computer, und er hat sich keinerlei Emotionen erlaubt, weder Freude noch Spaß, noch hat er es mal zugelassen, dass er Ärger zeigte oder sich aufregte. Einmal habe ich es versucht, ihn herauszufordern. Ich bin in die Küche gegangen und habe einen ganzen Stapel Teller genommen und sie auf den Küchenboden geworfen. Bertram hat weder geschrien noch geschimpft. Er gab mir Schaufel und Besen und einen Staubsauger, ließ mich alles zum Müll bringen und gab mir drei Tage Stubenarrest. Arrest, das hieß, ich durfte mit niemandem sprechen, wurde in meinem Zimmer eingeschlossen und bekam nur ein einfaches Essen serviert, das mir dann der wortkarge Jost ins Zimmer brachte. Das waren drei Tage, in denen ich sehr viel mit mir selbst gesprochen habe."

„Du wolltest also rebellieren, und es hat nicht funktioniert", stelle ich bedrückt fest. „Haben deine Schwestern auch immer versucht, sich deinem Vater zu widersetzen?"

„Nur als sie ganz klein waren, in der Zeit, wenn alle Kinder schreien. Dann hat er die Kindermädchen mit ihnen in den Garten geschickt, und dort haben sie dann weiter geschrien, so lange, bis sie gemerkt haben, dass es keinen Zweck hat, sich auf diese Art und Weise bemerkbar zu machen."

Ich stöhne. „Das ist grausam. Dann hat er ja versucht, den Willen deiner beiden Schwestern zu brechen. Solche Menschen haben es dann im späteren Leben oft sehr schwer, weil sie allen anderen Menschen stets alles recht machen wollen, um zu gefallen, um anerkannt zu werden. Was hast du gemacht, um ihm und seinem Einfluss zu entkommen?"

„Ich hatte einen Trick. Claudette hatte mir einmal gesagt, Bertram sei ein Puppenspieler. Immer wenn er etwas für uns bestimmte, das ich nicht gut fand, stellte ich mir vor, dass wir drei Schwestern Puppen sind, die an Fäden von seinen Händen bewegt werden. Jedes Mal, wenn er mir etwas befahl, habe ich in Gedanken die Fäden durchtrennt und mir gesagt, dass er ein miserabler Puppenspieler ist, der sein Handwerk nicht versteht. Ich habe dann jedes Mal, wenn ich folgsam gewesen bin, sofort etwas getan, von dem ich wusste, er würde es nicht gutheißen. Es waren nur so kleine Dinge, aber sie waren sehr symbolisch. So habe ich zum Beispiel einmal in der Toilette, eine ganze Rolle Papier in kleine Stücke zerrissen und nach und nach in der Schüssel hinuntergespült."

„War sie danach nicht verstopft?" frage ich nach.

Dalida schüttelte den Kopf. „Nein, ich habe immer sehr viel Wasser nachgespült. Ich erinnere mich sogar daran, dass ich als kleines Kind aus irgendeinem Frust heraus die Ameisen im Garten totgetreten habe, aber als mir dann später bewusstwurde, wie böse ich war, fand ich andere leblose Dinge, an denen ich mich auslassen konnte."

Ich sehe sie nachdenklich an. „Warum erzählst du mir das jetzt alles? Warum hast du mir das nicht früher erzählt?"

„All diese Dinge bringen uns in Verdacht, Bertram umgebracht zu haben. Und ich setze mich jetzt mit meinem Ärger und meiner Wut gegen ihn ganz stark in Verdacht."

„Noch nicht einmal", erkläre ich ihr. „Du hast deine Wut oft herausgelassen, da hat sich nicht viel anstauen können. Aber was ist mit deinen Schwestern, die jahrelang alles so hingenommen haben."

„Sie sind brav und folgsam. Sie würden nie die Hand gegen jemanden erheben", versichert mir Dalida. „Sicherlich wären sie auch nicht auf die Idee gekommen, sich eine Pistole zu besorgen, denn mit ihren Ängsten würden sie sich bestimmt nicht in die kriminellen Milieus bewegen. Wahrscheinlich hätten sie Bertram dann eher Gift in den Kaffee gestreut."

Ich seufze. „Also gut. Und du glaubst, er war ein Puppenspieler? Aber warum denn, was wollte er denn bezwecken?"

„Manche Menschen manipulieren eben gern. Es gibt viele Personen, die gern einmal Gott spielen möchten. Und dazu gehörte er wohl."

„Was weißt du eigentlich über deine Mutter und die Mutter deiner Schwestern. Hat er sie nicht auch manipuliert?"

Sie hebt die Augenbrauen. „Es kommt darauf an, was man darunter versteht. Angeblich hat er mit ihnen Verträge gemacht, die sie mit freiem Willen unterschrieben haben."

Ich sehe sie nachdenklich an. „Hatten sie denn eine Wahl in ihrer jeweiligen Situation?"

Die junge Frau kneift die Augen zusammen. „Etwa nicht? Das

hieße ja sonst auch, er könnte sich bewusst diese drei Frauen ausgesucht haben, um seine Spiele perfekt spielen zu können?! Dann hat er Lea in Venedig mit dem Vorsatz angesprochen, ihr Leben von da an in die Hände zu nehmen? Und meine Mutter und Carla hätte er dann auch ganz bewusst gewählt, weil er ahnte, dass sie in sein Theater passen?"

„Wenn er ein Puppenspieler ist, halte ich das für möglich", gebe ich zu. „Er wusste stets die Situationen gut für sich auszunutzen. Allen euren Müttern konnte er finanzielle Sicherheit bieten, eine Grundlage, die wenigstens ihren Existenzängsten entgegenwirkte."

Dalida sieht mich böse an. „Ich bin meiner Mutter genauso böse wie Bertram. Wie konnte sie, wie konnten die beiden anderen Mütter es fertigbringen, uns bei solch einem hartherzigen Mann zu lassen? Sie haben uns freiwillig weggegeben."

„Ob das so ganz freiwillig war, weiß ich noch nicht", überlege ich. „Jedenfalls hat er sie im Glauben gelassen, dass ihr es bei ihm sehr guthabt. Davon, dass die Kindermädchen zu viel wechselten und möglicherweise einige Inkompetente dabei waren, davon haben sie sicherlich nichts geahnt."

„Sie waren ja auch weit weg vom Schuss, das hat er prima eingefädelt", antwortet Dalida bitter.

„Habt ihr eigentlich auch so viele Vitamine einnehmen müssen, wie seine drei Ehefrauen?" möchte ich wissen.

„Morgens haben wir alle zusammen gefrühstückt, da war dann auch Robert dabei. Da verlief alles ziemlich normal, und es gab ein durchschnittliches Frühstück, so wie überall in diesem Land. Es gab Müsli, und Brot und Butter, dazu verschiedene Aufstriche. Tagsüber aß jeder mit seinen Kindermädchen oder manchmal mit den Privatlehrern. Da gab es schon eine ganze Menge von Tabletten: Vitamine, Calcium und andere Präparate, die man so zum Aufbau als Jugendlicher braucht. Die teilte Bertram uns dann zu und ließ die Kindermädchen aufpassen, damit wir diese Medikamente auch schluckten. „Nahrungsmittel-Ergänzer" nannte er sie."

„Hat das mal jemand überprüft?"

„Bertram sagte, dass seien die Pillen aus seiner Firma, und er kenne sich da aus. Aber ich habe manchmal mein Kindermädchen ausgetrickst. Ich habe nicht immer alles geschluckt, sondern nur im Mund behalten und zuweilen hinterher wieder ausspucken können. In der Toilette habe ich die Pillen dann hinuntergespült."

„Hast du zufällig davon mal etwas aufgehoben?"

Sie schüttelt den Kopf. „Nein, ich durfte ja nicht auffallen. Es sollte ja so aussehen, als habe ich alles immer brav geschluckt."

Ich nicke. „Ja, das kann ich verstehen. Waren es viele Medikamente?"

„Eine ganze Reihe. Aber es gibt ja auch viele Stoffe, die ein Körper so benötigt."

„Ihr wart doch sicher auch einmal beim Arzt. Sind da vielleicht ab und zu Blutuntersuchungen vorgenommen worden?"

„Wir hatten einen Hausarzt, der ins Gut kam, wenn wir ernstlich krank waren. Der hat dann mal etwas verschrieben, und Bertram hat es aus seiner Firma besorgt."

„Und es ist keine von euch drei Schwestern einmal operiert worden oder war bei einem fremden Arzt?"

Dalida schüttelt den Kopf. „Nein, sogar ein Zahnarzt kam ins Haus. Aber wir haben alle recht gute Zähne. Da ist nie etwas Ernstes vorgefallen, und wir sind ja auch noch sehr jung. Da wäre es schlecht, wenn wir jetzt schon Probleme mit den Zähnen hätten. Sicherlich hat uns Bertram auch etwas gegeben, wodurch das Zahnmaterial gestärkt wird."

„Es ist alles sehr merkwürdig", finde ich. „Haben sich denn die Hauslehrer, die Haushälterin und die Kindermädchen nie über deinen Vater gewundert?"

„Sie haben dauernd gewechselt", erinnert sie mich, „und er wirkte stets so seriös, dass niemand an seinen guten Absichten zweifelte. Und warum sollten sie sich über die Medikamente wundern. Wenn sich einer damit auskennen sollte, dann wohl Bertram. Dazu gab es auch noch Robert, von dem alle wussten, dass er gemeinsam mit seinem Zwillingsbruder arbeitete.

Und wenn einer seriös wirkt, dann er."

„Und? Ist er auch so seriös?"

„Er war immer nett und freundlich zu uns, aber Bertram hat ihm auch klipp und klar gesagt, dass er sich nicht in alles einmischen darf, was uns angeht. Daran hat sich Robert gehalten."

„Kann er etwas mit dem Tod seines Bruders zu tun haben? Finanziell soll er gut dastehen und nicht auf das Erbe seines Bruders angewiesen sein. Gab es irgendwelche Differenzen zwischen den beiden Männern?"

„Nein, sie waren stets ein eingespieltes Team, und sie

respektierten sich. Das ist eine gute Voraussetzung für jegliches Zusammenleben. Robert ist der ruhigere und Bertram war der rastlose Mensch, in dessen Kopf sich immer etwas bewegte, ansonsten lagen sie auf derselben Wellenlänge. Ich hatte das Gefühl, dass einer nicht ohne den anderen existieren konnte."

Ich stöhne. „Ich komme einfach nicht weiter. Wer hat deinen Vater umgebracht?"

„Wenn sie nicht ein so entzückendes Mädchen wäre, würde ich Miriam verdächtigen", schleudert sie mir an den Kopf.

Meine Augen weiten sich. „Miriam? Wie kommst du jetzt darauf?"

„Bei unseren letzten Besuchen hatte ich immer den Eindruck, dass sie sich in Bertram verliebt hat. Aber er hat sie in der letzten Zeit sehr schlecht behandelt. Daraus schließe ich, dass sie ihm ihre Gefühle verraten hat und er sie abblitzen ließ. Seit kurzem ist sie mit Jost zusammen, dem Gärtner?"

Meine Stimme überschlägt sich fast, und ich sehe sie ungläubig an. „Miriam und der Gärtner? Sie soll sich an ihn heran gemacht haben, damit er seinen Chef umbringt?"

„Ist das so abwegig? Eifersucht und andere Emotionen sind häufig große Mordmotive. Und weißt du auch, woran das liegt?"

„Du wirst es mir sicher erzählen" sage ich mit schwacher Stimme.

„Es sind die Emotionen, die einen Menschen dazu treiben, seine Hemmungen zu sprengen und über die Grenzen hinauszugehen. Im Leben befindet sich alles in einem Auf und Ab, einer Wellen-Bewegung. Es schwillt etwas an, und dann muss es wieder Abschwellen, so wie bei den Hormonen in Bezug auf Adrenalin und Noradrenalin. Aber wenn du eifersüchtig bist und Rache planst, steigerst du dich in eine enorme

Höhe, von der du nur durch eine Tat wieder hinunterkommst."

Ich sehe sie zweifelnd an. „Das ist deine Theorie. Aber Wut und Frust kann man auch auf andere Art und Weise wieder ablegen, und zwar wenn man sich auspowert, man muss deswegen nicht gleich jemanden umbringen."

Sie grinst. „Man muss nicht, aber man kann. Und mach dir jetzt keine unnötigen Gedanken, der Fall wird sich schon irgendwie lösen. Mit ein bisschen Geduld oder ein bisschen Glück."

Ich schüttele den Kopf. „Darauf kann ich nicht warten. Ich werde jetzt zu Miriam gehen und sie ausfragen."

„Tu, was du nicht lassen kannst", empfiehlt sie mir.

Kapitel 15

Auf dem Weg zu Miriam treffe ich Robert. Er sieht mich freundlich an. „Kann ich dir irgendwie helfen?"

„Eigentlich wollte ich zuerst zu Miriam, weil ich ein paar wichtige Fragen an sie habe. Aber da du gerade offenbar etwas Zeit hast, möchte das auch gern nutzen und dir eine wichtige Frage stellen."

„Da bin ich dir gern behilflich", sagt er. „Am besten gehen wir in mein Büro. Dort sind wir ungestört."

Ich folge ihm durch zwei lange Flure und nehme in dem praktisch eingerichteten Arbeitszimmer, auf dem bequemen Stuhl, ihm gegenüber Platz.

„Möchtest du etwas trinken?" erkundigt er sich freundlich.

Ich nicke. „Tatsächlich habe ich in den letzten Stunden sehr viel geredet und schon einen ganz trockenen Mund. Eine Erfrischung kann ich gut gebrauchen, danke schön."

Während er uns beiden ein Glas Wasser einschenkt, betrachte ich das große Bild an der Wand, das ihn und seinen Zwillingsbruder als Kinder zeigt.

„Wie alt wart ihr da?" frage ich ihn und zeige auf das Bild.

„Da waren wir gerade in die Schule gekommen. Unsere Eltern wollten uns in verschiedene Klassen geben, aber wir haben gestreikt, und so lange nichts gegessen, bis man uns erlaubte, in dieselbe Klasse zu gehen. Wir waren immer schon unzertrennlich."

Ich sehe ihn mitleidig an. „Das hört sich jetzt ziemlich banal an, aber ich denke, dann vermisst du deinen Bruder bestimmt jetzt sehr."

„Er lebt in meinem Herzen", versichert er mir. „Und er ist mir sehr nahe. Aber du erzähltest, dass du Miriam aufsuchen möchtest. Hast du etwa auch von diesem dummen Klatsch gehört, der hier durch den Gutshof kreist?"

„Wenn du die Sache meinst, dass sich Miriam in deinen Bruder verliebt hat, von ihm abgewiesen wurde und sich dann in Jost verliebt hat, dann gebe ich dir recht. Ja, das Gerücht ist bis zu mir gedrungen, und sie soll sogar Jost beauftragt haben, Bertram umzubringen."

„Das ist natürlich völliger Blödsinn", versichert mir Robert. „Miriam hat ein bisschen für meinen Bruder geschwärmt, sie hat wohl einen Vaterkomplex. Und das, weil sie ein Scheidungskind ist und der Vater sich später kaum noch um sie gekümmert hat. Da schwärmt sie ein bisschen für ältere Männer. Am Anfang hat sie auch für mich geschwärmt, und als sie sah, dass es bei mir nicht fruchtete, wandte sie sich an meinen Bruder. Auch er gab ihr freundlich und höflich zu verstehen, dass sie sich keine Hoffnung machen solle. Sie hat das alles aber akzeptiert und sich nun ein bisschen mit Jost angefreundet. Ihm scheint es zu gefallen, denn seit ein paar Tagen ist der etwas aufgetaut."

„Davon habe ich bei Jost noch nichts gemerkt", gebe ich zu. „Also hältst du Miriam nicht für die Auftraggeberin des Mordes?!"

„Ganz sicher nicht", antwortet er fest. „Aber ich glaube, du hattest noch eine andere Frage an mich. Sprich einfach frei heraus!" Er nimmt sein Glas und stößt mit mir an. „Auf ein gutes Gespräch!"

Ich nehme einen großen Schluck Wasser. „Es geht um den Safe in Bertrams Zimmer. Dort hat die Spurensicherung Reste eines unbekannten, alten Papieres gefunden. Inzwischen habe ich auch von Kathinka erfahren, dass Bertram ein Tagebuch geführt hat. Davon fehlt jetzt jede Spur."

Nach einem kurzen Moment des Schweigens beginnt Robert etwas umständlich. „Das ist eine sehr lange Geschichte, denn Bertram benutzte dieses Buch schon seit vielen Jahren. Es war ein ganz dickes, altes Buch, dass er sich einmal von einem Buchbinder anfertigen ließ, und es hatte zweitausend Seiten. Er begann mit seinen Aufzeichnungen, bevor er zum ersten Mal heiratete."

Ich sehe ihn staunend an. „Du wusstest davon, warum hast du

der Polizei nichts davon erzählt. Es könnte wichtige Aufschlüsse geben."

„Es gibt nicht nur wichtige Aufschlüsse, es ist der Schlüssel zu allem, denn in diesem Buch findest du nicht nur den Namen des Mörders, sondern auch alle Motive."

Irritiert betrachte ich ihn. „Weißt du denn, wo das Tagebuch ist? Aber dann kannst du es doch der Polizei geben, wenn es so gute Informationen hat. Oder möchtest du den Mörder decken?"

„Das Tagebuch existiert nicht mehr. Aber ich habe es gelesen und werde dir sagen, was darinsteht."

Aufmerksam sehe ich ihn an. „Du kennst den Inhalt?! Warum hast du das nicht schon eher gesagt?"

„Ich bin sicher, das alles hättest du mir nicht geglaubt, wenn du nicht schon vorher recherchiert hättest. So bist du über die Abläufe informiert, und du hast dich selbst davon überzeugen können, wie sich Bertrams Töchter entwickelt haben. Du hast auch inzwischen einen kleinen Einblick bekommen, wer seine Ex Frauen sind und wie sie zu der ganzen Sache standen. Aber leider fehlen dir damit die wichtigsten Informationen. Und die standen in seinem Tagebuch."

„Wann hast du es gelesen?"

„Vor einigen Tagen, und die wichtigsten Details gebe ich dir wieder, damit du Licht in dem Dunkel findest."

„Das wäre schön", sage ich hoffnungsvoll und nehme einen Schluck Wasser.

„Bertram hatte damals angefangen, sich mit der Genetik zu beschäftigen und experimentierte mit den medikamentösen Veränderungen. Nachdem er bereits mit exklusiven Psychopharmaka große Erfolge erreicht hatte, spezialisierte er sich nun darauf die psychischen Eigenschaften in den menschlichen Genen zu erforschen. Seine Medikamente wirkten wie Erfahrungen, die Menschen im realen Leben zu verarbeiten haben: diverse einschneidende Verlusterlebnisse, Enttäuschungen, Niederlagen, Traumata, aber auch Erfolgserlebnisse und Entlastungs-Gefühle. Bertram hatte Großes vor für die Menschheit, und er nahm sich vor, ein wichtiges Experiment zu starten, ein Experiment mit Menschen, am Menschen."

Eine Ahnung steigt in mir hoch, und ich beginne zu frösteln.

„Bertram plante ein Experiment mit drei Frauen", fährt Robert fort. „Akribisch und nach einem bestimmten Muster suchte er die Persönlichkeit seiner Probanden aus. Sein erstes Objekt sollte eine Durchschnittsfrau sein, die ihren Lebensweg noch nicht genau entdeckt hat."

„Und das war Lea", rate ich.

Er nimmt einen großen Schluck Wasser. „Richtig. Er hatte sie auf dem Markt entdeckt und war ihr nachgegangen, bis er sehen konnte, in welches Auto sie stieg. Mit dem Kennzeichen des Fahrzeugs beauftragte er einen Detektiv, alles über die junge Frau und ihr Leben herauszufinden. Nach diesen Informationen war er sich sicher, die richtige Wahl getroffen zu haben, und so inszenierte er im Karneval von

Venedig das ungewöhnliche Kennenlernen."

Ich staune. „Es war sein erster Versuch, und er hatte direkt Glück, die Richtige zu finden? Lea ging ja auch erstaunlich schnell auf ihn ein", füge ich hinzu.

„Ich bin nicht sicher, ob er vorher auch andere Frauen im Auge hatte, aufgeschrieben hat er aber nur das Erfolgserlebnis. Dabei darfst du nicht vergessen, dass er, wenn er wollte, sehr charmant sein konnte. Er war ein attraktiver, ja, sehr gut aussehender Mann, und man spürte, dass ihm der Erfolg nachlief."

Ich sehe ihn gespannt an. „Was passierte dann?"

„Seine Bedingungen und seine Verträge sind dir sicherlich bekannt, und so lief alles genau nach seinem Plan. Er heiratete Lea und bemühte einige pharmazeutische Produkte, auch Hormone, um seine Frau schnell schwanger werden zu lassen. Ein bisschen Glück war natürlich auch dabei. Und damals war sein Grundsatz: „Das Glück ist mit den Tüchtigen". Zu der Zeit wusste ich noch gar nicht, was er damit meinte. Als es zur Trennung des Ehepaares kam, die Bertram zur Bedingung gemacht hatte, scheute er sich nicht, Lea ein Medikament zu verabreichen, dass ein wenig leichtsinnig macht, und dazu schrieb er in sein Buch, dass sie das Medikament ja bereits gut vertragen habe, ganz am Anfang, als es um den Ehevertrag ging, da habe er es ja an ihr ausprobiert."

„Dann ist die Ehe ungültig", finde ich. „Und die ganzen anderen Verträge sind es auch. Dann hat Lea ihr Baby damals gar nicht freiwillig bei Bertram gelassen?"

„Sagen wir einmal so, Bertram hat bei den Entscheidungen ein wenig nachgeholfen, ich nehme an, zur Sicherheit. Aber die Angebote an sich waren schon sehr verlockend für seine Opfer."

„Für seine Opfer? Du willst mir erzählen, dass er das mit den beiden anderen Frauen genauso wiederholt hat?"

„Natürlich! Es hatte einmal gut geklappt, warum sollte es nicht auch ein zweites und ein drittes Mal gut klappen?!"

„Weswegen hat er Undine gewählt? Was hatte sie an sich, was ihn interessiert hat?"

Sein Lächeln sieht kläglich aus. „Er hoffte, eine sehr kopflastige Frau zu finden, die materialistisch und berechnend ist. Das hätte leicht schief gehen können. Denn im Supermarkt nach einer sparsamen Frau Ausschau zu halten, das bedeutet nicht, eine kaltherzige Frau zu finden. Aber entweder hatte er sich noch anderweitig informiert oder seinem Tagebuch weitere Versuche vorenthalten, jedenfalls glaubte er, in Undine, die richtige Frau für seinen Versuch gefunden zu haben."

Ich stöhne. „Und er traktierte sie wieder mit seinen Medikamenten?"

„Ja, das stand so in seinem Projekt, und er hatte keine Skrupel. Mit guten Medikamenten wurde auch Undine schnell schwanger, und diesmal behandelte er sie während der Schwangerschaft mit diversen Psychopharmaka, die unter anderem auch stimmungsmäßig aufhellend wirkten."

„Das ist brutal", krächze ich.

„Ja, das finde ich auch. Bei ihr begann er auch die Medikamente einzusetzen, die epigenetisch wirken, also langfristige Lebenserfahrungen ersetzen."

Mir ist es kalt. „Er war wirklich ein Monster, wie Dalida behauptet."

„Du wirst es jetzt schon ahnen, auch bei der Trennung von Undine setzte er leichte Medikamente ein, um sie schneller einsichtig werden zu lassen, und auch sie willigte ein, sich von ihrem Kind zu trennen."

„Aber was war dann hinterher? Als die Wirkung der Medikamente nachließ, haben die beiden Frauen da nicht ihren Entschluss bereut?"

Er verzieht das Gesicht. „Nein. Sie nahmen an, es sei ihr eigener Entschluss gewesen, und wie ich dir schon eben sagte, es waren verlockende Angebote."

„Und dann wird es bei Carla ähnlich gewesen sein", vermute ich.

„Nicht ganz", verrät er mir. „Bertram suchte nun einen ganz anderen Frauentyp, eine junge Frau, sensibel, etwas ängstlich, die im Leben schon viele schlechte Erfahrungen hinter sich gebracht hat. Da fand er in der Tochter eines Alkoholikers, in Carla nun genau die Richtige, und bei der täglichen Verabreichung seiner Medikamente bevorzugte er

Medikamente, die in seiner Frau die Ängste verstärkten."

„Ein Muster sehe ich schon darin", finde ich entsetzt. „Aber ich kann noch nicht erkennen, was er damit bezweckte. Hat er nichts von seinen Absichten geschrieben?"

„Du wirst es gleich verstehen. Es ging ihm um die Kinder. In jedem der Kinder wollte er die Veranlagungen der Mütter herauskristallisieren und verstärken. Dafür gab er ihnen auch ständig Medikamente, die er als Vitamine und Mineralien tarnte. Er wollte damit beweisen, dass man Charaktereigenschaften nicht nur durch Erziehung, sondern auch durch Medikamente verändern kann."

„Aber warum hat er dafür Gott gespielt? Sicherlich hätten sich dafür auch Probanden eingefunden, die sich freiwillig für solche Versuche zur Verfügung gestellt hätten."

„Er war schon so fixiert auf die Experimente, dass er nicht mehr in der Realität lebte, sondern nur noch in seinen Forschungen. Er fühlte sich berufen wie ein Missionar, der Welt diese ungeheuren Ergebnisse zu präsentieren."

„Wie fürchterlich! Und du wusstest wirklich nichts davon?"

„Leider nicht, denn ich hätte es sicherlich verhindert, notfalls mit Gewalt und einem Einschalten der Polizei."

„Und das war jetzt alles, was in seinem Tagebuch stand?"

„In dem Tagebuch fand ich dann auch die Aufzeichnungen über die Medikation, Anweisungen für die Medikamente, die er den Kindern in den jeweils achtzehn Jahren verabreicht hat. Dazu hat er seine unverständlichen, bizarren Erziehungsmethoden im Buch erläutert. In Kathinka wollte er diverse Gefühle und Reaktionen erwecken, er wollte sie verunsichern, ihr aber auch Flexibilität vermitteln. Dazu hat er auch die passenden, wechselnden Gouvernanten und Lehrer ausgesucht."

Traurig sehe ich ihn an. „Und was hat er sich bei Dalida gedacht?"

„Er wollte sie verletzen, Misstrauen in ihr entwickeln, einen Person erschaffen, die geheimnisvoll, aber auch unberechenbar ist, in deren Persönlichkeit, mehr oder weniger versteckt, zahlreiche Aggressionen brodeln. Sie sollte hassen lernen."

„Wie kann ein Mensch nur so grausam sein!" sage ich verzweifelt.

„Wenn sich Menschen so radikal ins Unmenschliche vertiefen,

verlieren sie am Ende alles Menschliche", teilt er mir resigniert mit. „Deswegen ist Radikalismus so gefährlich. Bertram wollte spezielle Menschen erschaffen und damit zeigen, wie leicht es ist, mit den Mitteln von heute Gott zu spielen, so schrieb er. Vielleicht wollte er aber auch zeigen, was man mit Erziehung alles bewirken kann. Bei seinem Experiment hat er ja beides ins Spiel gebracht, durch sein Verhalten und durch die Medikamente."

Ich sehe Robert aufmerksam an „Wo ist das Buch jetzt? Hast du es irgendwo versteckt?"

„Der Mörder hat es in den See geworfen. Da liegt es nun schon seit einiger Zeit und vermodert. Alles löst sich auf, Bertrams Formeln, seine Absichten."

„Seine Absichten? Aber er hat sie doch durchgeführt. Hatte er etwa noch mehr vor?"

„Ja, denn das war erst der Anfang seines Experimentes. Er hatte jetzt noch große Pläne, die er verwirklichen wollte. Er schrieb in das Buch, dass er in den nächsten Tagen sein Testament ändern wollte, und zwar zu meinen Gunsten. Niemand sonst sollte etwas von ihm erben. Und in der nächsten Woche wollte er nicht nur sämtliche Gelder streichen, die an seine Kinder und seine Frauen flossen, sondern er wollte sie in ein finanzielles Nichts stürzen. Er wollte sie nicht nur enterben, sondern jeden Cent zurückverlangen."

Ich sehe Robert skeptisch an. „Aber das geht doch gar nicht. Es gab doch Verträge, an die auch er sich halten musste. Jeder Rechtsanwalt wäre gegen ihn angegangen."

„Ja, wenn das alles seinen normalen Weg gegangen wäre. Aber Bertram hatte an alles gedacht. Er hatte mit seinen damaligen Frauen und später auch mit den Kindern Verträge abgeschlossen, die nur befristet waren. Und genau darin stand es: Nach einer gewissen Anzahl von Jahren hätten alle sechs Frauen ihm sämtliche Gelder wieder zurückzahlen müssen. Natürlich hatte er damals alle Frauen wieder unter Einfluss von Drogen gesetzt, als sie diese Verträge unterschrieben haben. Diese schrecklichen Verträge, von denen nur er etwas wusste, lagen ebenfalls im Safe. Das, was er jetzt vorhatte, wäre der Ruin seiner Frauen und Töchter gewesen."

„Was wollte er damit bezwecken?"

„Er wollte weiter experimentieren, feststellen, ob sie im Sumpf versinken oder sich retten."

„Und wenn sie sich geweigert hätten, das Geld zurückzugeben?"

„Dafür hatte er niedliche kleine Giftcocktails bereitgestellt. Diese Medikamente sind nur kurze Zeit im Körper eines Menschen nachweisbar. Er wollte sie vernichten, so oder so."

„Und er war doch ein Monster!" sage ich mit Überzeugung.

„Er war besessen. Wahrscheinlich hätte man ihn als psychisch krank in eine Anstalt gesteckt, wenn man ihn entlarvt hätte. Aber das wäre dann zu spät gewesen, denn bis zu diesem Zeitpunkt hätte er entweder alle in den Ruin getrieben oder ermordet. Als letzten Satz schrieb er: „Für dieses interessante Experiment lohnen sich die hohen Investitionskosten."

„Das ist unvorstellbar brutal! Ganz zu schweigen von dem Schock, den es für alle bedeuten wird, wenn sie erfahren, dass sie Versuchskaninchen gewesen sind."

„Diese Eröffnung werden wir ihnen nicht ersparen können", sagt er betrübt. „Die Wahrheit wird für sie bitter werden. Ich denke, diese drei Frauen, aber auch die Töchter werden Therapeuten benötigen, die mit ihnen diese Episode des Lebens verarbeiten müssen."

„Wann und wie hast du von alldem erfahren?" will ich wissen.

„Ich habe Spuren seiner Medikamente im Labor entdeckt, und habe ihn darauf angesprochen. Er meinte, es sei eigentlich noch zu früh, mir davon zu erzählen, aber wenn ich es schon einmal entdeckt hätte, dann wolle er gleich reinen Tisch machen und mich auch an seinen Erfolgen, auch seiner späteren Berühmtheit durch diese Forschung, in angemessenem Maße beteiligen."

„Das war dann gewissermaßen eine Bestechung, oder?"

„Ich weiß nicht, warum er das wollte. Ich denke, er hoffte, dass ich ihn decke. Schließlich waren wir immer ein Herz und eine Seele gewesen."

„Aber du wolltest ihn nicht decken. Was ist passiert?"

In seinem Blick liegt Verzweiflung. „Er bat mich, in sein Zimmer zu kommen, und ich folgte ihm. Dort zeigte er mir sein großes Tagebuch und erzählte mir in wenigen Worten das Wichtigste."

Gespannt sehe ich auf Roberts Lippen.

„Zuerst wollte ich es ihm nicht glauben", fährt er fort. „Aber dann hat er mir alles noch einmal erklärt, und mir die Beweise vorgelesen, an denen ich alles erkennen konnte. Er hat mir sogar die Formeln und Rezepte im Tagebuch gezeigt. Zwar wollte ich es nicht wahrhaben, aber ich musste erkennen, dass er die Wahrheit gesprochen hatte. Ich erschrak und zitterte vor Erregung. Und es begann, sich in meinem Kopf alles aus diesen Puzzleteilen zu einem großen Bild zusammenzusetzen, ein schreckliches Gruselbild, das mich erkennen ließ, dass er die Wahrheit sagte."

„Und weiter?" dränge ich ihn.

„Er gab mir ein Glas Wasser zu trinken und fragte mich, was ich jetzt machen werde, und ich sagte ihm klipp und klar, dass ich nicht zulassen werde, dass er diesen sechs Frauen noch weiteren Schaden zufügt. Ich teilte ihm mit, dass ich auch die Polizei einschalte, und dass mich nichts davon abbringen könne. Das ging noch eine kurze Weile so hin und her. Er forderte mich auf, noch einmal darüber nachzudenken, ob ich ihn wirklich verraten wolle, weil er sonst jetzt hier sofort eine Entscheidung treffen müsse, und es gehe um Leben und Tod."

Ich versuche vorauszudenken. „Besaß er die Pistole?"

Robert nickt. „Er hatte sie in seinem Safe, und es war eine Waffe mit Schalldämpfer."

„Hat er dich bedroht?"

„Nein. Er zeigte mir eine kleine Flasche mit Gift und sagte mir, dass er mir davon eine ausreichende Portion in das Wasser getan hätte, das ich eben getrunken habe, und dass es vielleicht noch wenige Sekunden dauern würde, bis ich tot umfalle. Und er fuhr fort, dass er seine Pläne umsetzen werde, sobald ich tot sei. Gleichzeitig drückte er mir die Pistole in die Hand und sagte, ich hätte gerade noch Zeit abzudrücken, und ihn zu erschießen. Dann könne ich das Schlimmste verhindern, und die sechs Frauen seien gerettet. Ich glaubte ihm zuerst nicht, dass er Gift in mein Wasserglas getan hat, aber plötzlich spürte ich, wie mir schwindlig wurde."

Fassungslos sehe ich Robert an. „Du dachtest, du würdest sterben?"

Er nickt. „Aber ich wollte die Frauen retten. Und ich dachte, gut, dann sind wir eben beide tot, Bertram und ich, und in letzter Sekunde, bevor ich umfiel, drückte ich ab. So erschoss ich meinen eigenen Bruder."

„Aber du bist nicht tot", stelle ich fest.

„Nein, er hatte mir nur etwas ins Wasser getan, das mir ganz kurz das Bewusstsein nahm. Als ich wach wurde, verstand ich alles. Ich nahm das Buch, die Verträge und das Glas, verschloss den Safe, ergriff die Pistole, die auf dem Boden lag, schlich mich aus dem Zimmer und versenkte alle Gegenstände im See. Dann säuberte ich mit einem Spezialprodukt Bertrams Labor und entfernte die Spuren von meinen Fingern."

„Und dann? Wie hast du dich gefühlt?"

„Seit Bertram nicht mehr da ist, bin ich nur noch ein Roboter, mein Herz und meine Seele sind mit ihm gegangen. Und falls du jetzt vorhast, zur Polizei zu gehen, so lass dir gesagt sein, dass ich schon meine Vorkehrungen getroffen habe. Du wirst es nicht schaffen, jemanden zu benachrichtigen."

Erschrocken sehe ich ihn an. „Du hast mir etwas ins Wasser getan?"

Er nickt. „Du hast gut aufgepasst und gut kombiniert. Leb wohl!"

Bevor die Todesangst in mir hochkommen kann, fühle ich eine wohltuende Müdigkeit, die mich zum Schlafen zwingt. Eine träge Dunkelheit umfängt mich und nimmt mir das Bewusstsein.

Kapitel 16

Als ich aufwache, stehen einige Personen um mich herum, darunter auch mein Chef, Jakob Neumanns.

Er tätschelt mir die Wange. „Du hast nur ganz kurz geschlafen Kindchen. Es war kein Gift, dass dir der Herr von Finschgau gegeben hat. Das hat er selber genommen, als du bewusstlos warst. Er lebt nicht mehr."

Ich sehe mich erschrocken um. Dort, wo Robert gesessen hat, entdecke ich Fotografen und einige Beamte, die ihre Arbeit verrichten. „Er wollte bestimmt zu seinem Bruder", flüstere ich, noch etwas benommen. „Ich muss euch bestimmt eine Menge erzählen."

Im Hintergrund entdecke ich außer dem Arzt und einem Sanitäter Bertrams Frauen, seine drei Töchter, sowie Miriam und Jost. Jonas steht direkt hinter dem Kommissar.

„Das kannst du dir erst einmal sparen und für später aufheben, Hannah!" empfiehlt mir mein Chef. „Während Robert dir hier alles erzählt hat, hat er ein Aufnahmegerät laufen lassen, das wir bereits abgehört haben. Alle Anwesenden im Gutshof, die schnell herbeigekommen sind, haben seine Beichte mithören können. Und mehrere Beamte sind bereits im Garten an dem kleinen See und fischen nach den Asservaten. Vermutlich wird noch einiges zu retten sein, denn diese Beweisstücke liegen ja erst seit wenigen Tagen dort."

Betrübt sehe ich ihn an. „Hätte ich seinen Tod verhindern können?"

Er schüttelt den Kopf. „Nein, Robert hatte alles genauso gut durchgeplant wie sein Bruder Bertram."

Ich seufze. „Warum habe ich ihn nicht früher als Täter entlarvt? Hat meine Menschenkenntnis diesmal versagt?"

Dalida mischt sich ein. „Er war kein Mörder im üblichen Sinn eines

Verbrechers, er glaubte keine andere Wahl zu haben."

Undine tritt näher zu mir. „Es gibt keinen Grund dafür, sich Vorwürfe zu machen. Du bist fremd und kanntest die Zwillinge nur kurze Zeit. Wir hätten vielleicht etwas ahnen müssen."

Kathinka nimmt meine Hand. „Jetzt musst du dich erst einmal von dem ganzen Schrecken erholen. Möchtest du ein paar Tage unser Gast sein?"

Ich stöhne leicht. „Lieber nicht. Ich freue mich zwar, euch kennengelernt zu haben, aber in den nächsten Tagen werde ich erst einmal ein bisschen Urlaub machen."

„Du kannst uns gern jederzeit besuchen", schlägt mir Jasmin vor.

Tante Agathe erscheint im Türrahmen. „Und jetzt kommt alle in die gute Stube und stärkt euch mit einem Kaffee. Ich habe auch etwas Kuchen bereitgestellt, denn Essen und Trinken hält Leib und Seele zusammen. Oder haben Sie etwas dagegen, Herr Kommissar? Sie sind auch herzlich eingeladen!"

Der Beamte schüttelt den Kopf. „Nein, und wenn wir hier fertig sind, nehmen wir das Angebot gern an. Ich denke, alle können eine kleine Stärkung gut vertragen, denn das, was wir in der Aufnahme gehört haben, hat selbst uns, die wir Schlimmes gewohnt sind, ordentlich schockiert."

Bertrams Exfrauen, seine Töchter, Jost und Miriam folgen Tante Agathe in die gemütliche Stube im anderen Flügel des Gutshofs.

Nachdenklich und noch etwas erschöpft gruppieren wir uns um den großen Tisch.

„Wir werden viel Zeit brauchen, das alles zu verdauen", glaubt Kathinka.

„Verstehen wird man es nie", findet Carla, aber nun können wir uns einiges erklären.

Tante Agathe schenkt Kaffee ein und Lea reicht den Kuchen an.

„Es ist gut, wenn wir uns professionelle Hilfe holen", überlegt Jasmin. „Dann finden wir am besten einen neuen Weg für unsere Zukunft.

„Aber denkt nur nicht, dass ich in Zukunft ein Engel bin", warnt Dalida. „Ich habe gelernt, mir für das Leben einen Schutzpanzer anzulegen, und den müsst ihr akzeptieren."

„Aber wir können lernen, uns ein bisschen mehr zu lieben", hofft Kathinka. „Denn eines können wir von unserem Vater und seinem Zwillingsbruder lernen. Die Geschwisterliebe ist ein ganz besonderes Band."

„Jetzt wollen wir mal nicht allzu sentimental werden", rät Undine. „Das, was da passiert ist, ist schrecklich, und wer weiß, ob so etwas überhaupt ein Einzelfall ist."

„Ich hoffe sehr", mische ich mich ein. „Und ich denke, euer Tochter- und Mutter-Verhältnis kann sich von nun an entscheidend bessern. Denn es steht fest, dass viele fragwürdige Entscheidungen unter Drogen stattgefunden haben."

Undine lacht. „Wollen wir es jetzt noch beschönigen, was wir früher getan haben? Lasst es uns lieber vergessen und in die Zukunft schauen. Vielleicht können wir da etwas besser machen."

Jasmin rührt in ihrer Kaffeetasse. „Wie wir wohl unter anderen Umständen geworden wären, wir drei Grazien?"

Zum Erstaunen der anderen öffnet Jost seinen Mund. „Das, was der Chef bei euch mit Medikamenten angerichtet hat, findet in so mancher Kinderstube statt. Da sollte man auch mal ein Auge darauf werfen. Da wird so manchem Kind die Zukunft verbaut."

„Woher weißt du das denn?" fragt Miriam erstaunt.

„Vielleicht möchte ich noch mal eine Familie gründen, wenn wir zusammen in der kleinen Mühle wohnen", antwortet er schmunzelnd. „Da kann man sich doch schon mal informieren. Und auch in meiner Kindheit habe ich genügend Erfahrungen gesammelt."

Tante Agathe hebt die Kaffeetasse. „Es ist gerade zwar ziemlich makaber, hier jetzt auf irgendetwas anzustoßen. Aber wir sind hier im Siebenswinkel, auf dem Dorf, da gibt es auch einen Totenschmaus. Wir wollen darauf trinken, dass alle Anwesenden einen guten, neuen Anfang finden sollen."

Alle Anwesenden heben die Kaffeetassen.

Jonas sieht mich an. „Und du, Hannah? Jetzt ist die ganze

Anspannung vorüber. Hast du dich so weit erholt, dass du auch etwas dazu sagen kannst?"

Ich überlege angestrengt. „Mir fällt gerade gar nichts Kluges ein", antwortete ich. „Ich glaube, es ist genug gesagt worden. Ich dachte nur gerade nach, ob es vielleicht Menschen gibt, die behaupten, dass Robert ein Held ist."

Kathinka legt den Arm um mich. „Irgendwie schon, er hat uns das Leben gerettet. Ich denke, ihm blieb keine Zeit, nach einer anderen Lösung zu suchen. Ich wünsche ihm Frieden!"

ENDE